거짓말이 보이는 나는,
솔직한 너에게 사랑을 했다

사키라이 미나 장편소설
rsef 일러스트
주승현 옮김

제우미디어

USO GA MIERU BOKU HA, SUNAO NA KIMI NI KOI O SHITA

First published in Japan in 2017 by Futabasha Publishers Ltd., Tokyo.
Korean translation rights arranged with Futabasha Publishers Ltd.
through Korea Copyright Center Inc.

嘘が見える僕は、素直な君に恋をした

사쿠라이 미나 지음
rsef 일러스트
주승현 옮김

거짓말이 보이는 나는, 솔직한 너에게 사랑을 했다

JMbooks

CONTENTS

프롤로그

내가 처음 '그것'을 알아차린 것은 네 살 때였다.

물론 그전에도 본 적이 있었을지도 모르겠지만, 그때는 내가 너무 어려서 현실을 인지하는 것조차 힘들었을 거라고 생각한다.

하지만 나는 네 살이 되면서 '그것'을 확실히 인식 하게 되었다.

나는 쇼핑센터 안에 있는 장난감 가게에서 무언가를 조르고 있었다.

무엇을 조르고 있었는지 지금은 기억나지 않는다. 하지만 그 장난감이 갖고 싶어서 판매장에서 움직이지 않았다.

바닥에 엎드려 누운 채, 팔다리를 버둥거리고 있었을지도 모른다.

한동안 '사 줘' '안 돼' 입씨름을 한 뒤, 곤란해 하던 엄마가 '오늘은 돈을 안 가지고 왔으니까 다음에 사줄게'라고 말했다. 이전에도 몇 번이나 들은 말이라서 평소라면 응, 하고 따랐을 것이다.

하지만 그날은 달랐다.

"오늘은 돈을 안 가지고 왔으니까 다음에 사줄게."

그렇게 말하자, 엄마의 몸이 반짝반짝하는 빛에 둘러싸였다. 예를 들자면, 물에 반사되는 햇빛처럼 무척이나 반짝거리고 있었다.

뭐지? 싶었다. 하지만 순식간에 일어난 일이라 나는 착각인줄로만 알았다.

하지만 그 후에도 '그것'은 몇 번이고 보였다. 집에 있던 과자를 졸랐더니 더는 없다는 말을 들었고, 토요일에 놀이공원에 데려가 달라고 아빠한테 부탁했더니 오늘은 쉬는 날이라며 거절당했다.

나중에 알게 된 사실이지만 놀이공원이 쉬는 날은 월요일이었다.

'그것'은 부모님뿐만 아니라, 어린이집에서 가장 사이가 좋았던 요시한테도 보였다.

장난감을 주고받을 때라든가, 같이 놀자고 한 약속 등 돌이켜보면 별것 아닌 것들이지만 몇 번인가 그런 빛을 본 적이 있다.

신기한 건 그 빛이 보이는 사람은 한정적이라는 것이다. 지나가는 사람이나, 근처의 아는 사람한테서는 한 번도 보였던 적이 없다.

그래서 나는 특별한 사람에게서 '그것'이 보인다는 것만을 인식하고 있었다.

「내게 있어 특별한 사람」

아직 살아온 인생이 짧았기 때문에 부모님과 요시, 그리고 같은 어린이집에 다니는 밋짱에게서만 보였지만 그들은 몇 번이고 눈부시게 빛났다.

빛의 의미를 알게 된 것은 초등학교 2학년 때였다.

뿔뿔이 흩어져 있던 퍼즐 조각이 끼워 맞춰지는 것처럼 어느 날, 머릿속에서 지금까지의 일들이 하나로 이어졌다.

빛의 의미를 깨닫게 되자 아름답게 반짝반짝 빛나는 '그것'은 간담이 서늘해질 정도로 섬뜩하게 느껴졌다.

어째서 '그것'은 아름답게 보이는 걸까.

훨씬 새까맣고, 눈을 돌리고 싶어질 정도로 꺼림칙한 것이었다면 조금은 위안이 되었을지도 모르는데.

하지만 나에게는 그것을 보지 않는 것도, 꺼림칙한 것으로 만드는 것도 불가능하다.

그래서 나는 내가 할 수 있는 것을 하기로 마음을 먹었다.

그 누구도 좋아하지 않겠다—라고.

냐아와 김 너와 초콜릿

고등학교 생활의 두 번째 봄이 다가왔고, 따뜻한 날씨로 그 하루가 시작되었다.

학년이 1학년에서 2학년이 되고, 교실이 3층에서 2층이 되었으며, 반이 6반에서 8반이 되었고, 그 외에는 문과 과목이 줄고 이과 과목이 늘어난 정도로, 이렇다 할 만한 큰 변화는 없었다.

그래서 나는 조용히 숨을 죽이며, 그 희미한 변화를 그 이상 선명하게 만들려 하지 않았다.

"다 모였지."

기세 좋게 교실 문을 연 사람은 올해 담임인 키치라쿠 선생님이었다. 개학식에서 이미 발표했었고, 1학년 때는 이 선생님에게서 수학을 배웠기에 목소리도 몸집 크다는 것도 알고 있었다.

과학 선생님도 아닌데 언제나 하얀 가운을 입고 있는 것은 조금 나온 배를 가리기 위해서, 그게 아니면 쉽게 구겨지는 재킷을 싫어하기 때문이라고 작년에 누군가가 말했었는데 아마도 둘 다 정답이겠지.

키치라쿠 선생님이 이런 식으로 들어올 줄은 예상했지만 예상 밖의 일도 있었다. 선생님을 뒤따라 걸어오는 본 적 없는 교복을 입고 있는 몸집이 작은 여자애.

—누구지?

선생님이 그 여자애를 향해 말했다.

"나 참, 전학 첫날부터 지각이라니, 전대미문이다. 안그래도 눈에 띄는데 말이야."

"죄송합니다. 길을 헤맸어요."

"우선 자기소개부터 해."

키치라쿠 선생님의 무리한 요구에 그녀는 "네?"라고 말하며 커다란 눈을 한층 더 크게 떴다.

"이런 건 선생님이 해 주시는 거 아니에요?"

"이렇게까지 눈에 띄는 행동을 해 놓고 새삼 무슨 소리냐. 지각 한 벌이야. 자, 칠판에 이름! 전학생 느낌 나지?"

선생님이 하얀 분필을 던졌다.

엇, 앗, 와앗, 하고 허둥거리면서도 그녀는 그것을 잡았다. 그러고 나서는 염력으로 허공에 띄우려는 건가 싶을 정도로 분필을 물끄러미 노려봤다.

전학생의 행동에 반 전체의 시선이 집중됐다.

그녀는 마음을 다잡듯이 어깨를 아래위로 크게 으쓱거리고는 분필로 칠판에 글씨를 쓰기 시작했다.

조금 각이 져 있었지만, 예쁜 글씨는 크지도 작지도 않았으며 맨 뒤에 앉은 내게도 잘 보이는 크기로 이름을 적었다.

"안녕하세요. 후타바 하루카 입니다. 시즈오카에서 이사 왔습니다. 아직 이 마을에 뭐가 있는지도 잘 몰라서, 많이 가르쳐 주세요. 잘 부탁드립니다."

어깨보다 조금 더 내려오는 긴 머리카락을 휘두르는가 싶을 정도로 기세 좋게 고개 숙여 인사했다.

지각하는 바람에 주목을 받은 자기소개에도, 이전 학교 것으로 보이는 교복에도, 혼자만 다른 교복 차림임에도 동요하지 않고 그녀—후타바 하루카는 당당했다.

"그럼 후타바는…… 아니, 너희들, 자리는 미리 정해 뒀었을텐데 왜 제각각이야?"

내 지정 자리는 원래 앞쪽에서 둘째 줄, 가운데이다. 하지만 지금은 창가 맨 뒤쪽에 앉아 있다.

교실 한가운데쯤에 앉아 있는 여자애가 "키치 쌤-."하고 손을 흔들었다.

"그런 거 아무도 안 지켜요."

"키치 쌤이라고 부르지 마. 그리고 처음 정도는 지키라고."

"이런 건 처음이 중요하다고 키치 쌤도 작년에 우리한테 자주 말했었잖아요."

"그건 공부 이야기지! 그리고 전혀 달라. 중요한 건 '처음'이 아니라 지키는 것! ……나 참, 올해도 스가노가 내 반이라니 다른 반으로 옮겨 달라고 할 걸 그랬어."

선생님은 과장된 몸짓으로 고개를 내저으며 한숨을 내쉬었고, 스가노라고 불린 여자애는 "너무해-."라며 웃고 있었다.

키치라쿠 선생님을 알고 있는 학생도, 그렇지 않은 학생도 다들 웃는 얼굴이었고, 후타바 하루카도 웃고 있었다.

웃고 있지 않은 건 나뿐이지만, 애초에 녹아들 생각이 없었기에 역시나 조용히 숨을 죽인 채 그 모습을 바라보고 있었다.

단지, 딱 하나 좋지 않은 예감이 들었다.

교실 안에서 비어 있는 자리는 내 눈앞의 빈자리뿐이었기 때문이다.

내가 다니는 학교는 20, 30년 전에는 훨씬 더 많은 학생이 다녔다고 한다. 졸업생인 엄마가 그렇게 말했다.

하지만 지금은 옛날만큼 많지 않다. 부모님이 저출산 문제라며 말을 건네면 어떻게 대답해야 좋을지, 외동인 나는 고민하게 된다. 그래도 뭐, 저출산 문제는 사실이니까.

학교에는 학생이 줄어서 빈 교실이 남아돌았고 노후화된 건물은 방치되고 있어, 모르는 사람이 자리 잡고 살더라도 분명 아무도 알아차리지 못하지 않을까 싶을 정도로 여유가 넘쳤다.

수업을 하는 건물과는 별개로, 몇 년 전까지는 부활동이나 합숙 목적으로 사용했다는 폐건물이 아직 그대로 남아 있었다. 지금은 출입 금지 밧줄이 둘려 있고, 주위는 내 무릎보다도 높게 자란 잡초들로 무성해 그곳에 가까이 다가가는 학생은 없었다.

당연히 그 건물은 문도 창문도 잠겨 있어 안에는 들어갈 수 없지만, 외부 계단이 붙어 있어서 옥상에는 올라갈 수 있었다. 물론 외부 계단 출입구에도 밧줄은 둘러 있었지만, 넘어서 지나가는 데 그리 어렵지 않았다.

그래서 작년에, 입학한 지 두 달째에 이곳을 발견한 뒤로 옥상은 내가 머무는 장소가 되었다. 보수도 되어 있지 않은 외부 계단은 녹이 슬어 있었지만 삭을 정도로 낡아 있지는 않았고, 옥상에 올라가면 강물의 수면을 어루만지는 차가운 바람이 나를 맞이해 준다.

교실 정도 되는 크기의 옥상은 펜스가 빙 둘러쳐져 있고 방치된 철제 창고 덕분에 들키지 않게 숨을 수도 있었다.

나는 무릎을 끌어안고 창고에 기대앉았다.

"피곤해……."

익숙하지 않은 교복이 눈앞에 있어서, 어떻게 해도 그 뒷모습이 눈에 들어왔다. 전학생을 향한 호기심으로 가득 찬 시선들이 나를 보는 게 아니라는 것을 알고 있었지만 마음은 불편했다.

옥상에서는 바로 근처에 흐르는 강이 잘 보인다. 강이라고 해도 교과서에 실릴 만큼 큰 하천은 아니다. 하지만 시냇물이라고 부르기에는 컸다.

그 강은 햇빛이 반사되면 여름에는 쨍쨍하게 빛나고, 가을에는 반짝반짝하게 빛나며, 겨울에는 번쩍번쩍하게, 그리고 지금 봄에는 또 반짝반짝 빛나고 있었다.

"—어라?"

조금 전까지 보고 있었던 교복—후타바 하루카가 강둑을 걷고 있다……, 싶더니 멈춰 섰다.

교복 주머니에서 무언가를 꺼내서 보고 있다. 빨간 끈? 잘 보이지 않는다.

거기서 뭐 하는 거야?

빨리 걸어 가. 내 시야에서 사라지라고.

움직여라, 하고 속으로 빌었다.

그때, 바람이 휘익 불었다.

"움직였다……."

놀랐다. 하지만 내게 남을 뜻대로 움직이는 능력 같은 게 있을 리 만무했고, 그녀가 걷기 시작한 사실에 놀란 것도 아니었다. 내가 놀란 것은 그녀가 갑자기 강둑을 뛰어 내려갔기 때문이다.

오른손을 높게 들면서 조금 전까지 손에 쥐고 있던 빨간 무언가를 쫓고 있다.

강둑을 내려가면 좁은 강변을 지나 곧바로 강이다.

앞으로 조금만 더 가서 그녀의 다리가 물속에 잠기려던 찰나에 나는 무심코 소리쳤다.

"들어가지 마!"

하지만 내 목소리는 닿지 않는다. 그사이에도 그녀는 강에 가까이 다가간다.

한 번 더 외치려고 했지만 이내 헛수고라는 것을 깨달았다.

옥상에서 외치는 소리는 전해지지 않는다.

나는 서둘러 계단을 내려가 무성한 잡초를 헤치며 달렸다. 학교 부지를 뛰어건너, 넘어질 것 같으면서도 강둑을 달렸다.

지금 몇 월인지 알고 있는 거야?

얼마 전까지 눈도 쌓여 있었다고.

마음속으로 외치면서 자신의 최고 기록이 아닐까 싶을 정도로 죽을 만큼 달렸다.

내가 강가에 도착했을 때는 이미 후타바 하루카는 무릎 아래까지 강물에 잠겨있었고, 강 중앙으로 향하고 있었다.

"그 이상 가지 마!"

"괜찮아요. 건너편까지 넘어가는 것뿐이니까요."

"안 돼, 지금 당장 돌아와."

"하지만 저기에……."

그녀가 맞은편 강가를 가리켰다. 그곳에 자란 작은 나뭇가지들이 강까지 튀어나와 있었고, 빨간 리본이 그 나뭇가지에 걸려 있었다.

"그런 건 내버려 두고!"

"하지만 내일부터 쓸—아앗!"

"위험해!"

그녀의 발이 미끄러지는 것을 보고, 나는 반사적으로 물속에 들어갔다.

간발의 차이로 나는 그녀의 팔을 붙잡았다.

"강에서 올라와!"

"하지만……."

후타바 하루카는 아직 리본이 신경 쓰이는 모양이라, 그쪽을 힐끔힐끔 보고 있다.

몸은 차가운데 내 머리는 확 뜨거워졌다.

"리본 같은 걸 신경 쓰고 있을 때가 아니야. 이 강은 보기보다 위험해!"

"네?"

"지금도 한발 늦었으면 휩쓸려갔을지도 몰라. 여기는 예전에 사고도 났던 곳이라고."

"……거짓말."

"나는 거짓말 따위 하지 않아."

"의, 의심하고 있는 건 아니에요…… 하지만."

"일단, 올라가자."

물놀이를 하기에는 너무 이르다. 발치부터 온몸이 차가워져 몸서리가 난다.

아무리 그녀라도 더 이상 저항하지는 않았다.

강가로 올라오자 그녀는 쪼그려 앉아 망연자실해 하고 있다.

"사고가…… 났었나요?"

"작년 여름에 순찰차와 구급차가 출동했어."

어린 초등학생들이 여름방학에 놀러와서는 사고가 났다고 한다. 나도 신문에 실린 내용 정도 밖에 모르지만, 오랫동안 우리 학교에 계신 선생님의 말로는 이곳에서 난 사고가 한두 번이 아니라고 했다.

조그마한 강은 언뜻 보기에는 놀기 좋아 보이지만, 겉보기와 다르게 온순하지 않아서 갑자기 깊어지거나 유속이 빨라지는 장소도 있다.

후타바 하루카의 얼굴이 새파래졌다. 추워서 그런 건지, 무서워서 그런 건지는 모르겠지만 그녀는 양손으로 자기 몸을 끌어안는 것처럼 팔을 둘렀다.

"그런 줄도 모르고……."

"그렇겠지."

학교 오는데도 길을 헤매던 사람이 그걸 알고 있다면 놀라운 일이다.

"아, 하지만, 리본……. 조금 전에 선생님에게서 받았어요. 오늘 교복이 도착할 예정이라, 내일부터 여기 교복을 입어야만 해서요. 그런데 리본만큼은 학교에서 사야한다고 해서, 그래서 저기……."

그녀는 지나치게 허둥대며 이야기했지만, 무슨 말을 하고 싶은지는 전해졌다.

나는 그에 대한 답을 알고 있다.

강 건너편은 강둑을 조금 나아간 곳에 있는 다리를 건너면 갈 수 있고, 교복 리본은 학교 매점에서도 팔고 있다.

하지만 그건 나랑 상관없는 일이니까, 가르쳐줄 생각은 없었다.

나는 학교 건물 쪽으로 몸을 돌리고, 물을 머금어 무거워진 바지에 저항하며 걷기 시작했다.

"저…… 혹시 저와 같은 반인가요……?"

내 얼굴을 기억하고 있는 걸까. 하지만 그녀의 낌새를 보아하니 확증은 없는 모양이다.

이것도 대답할 생각은 없다. 그래서 나는 뒤를 돌아보지 않았다.

벚꽃 피는 계절에 물놀이는 너무 일렀다.

나는 집에 도착하자마자 곧바로 교복을 세탁기에 넣고, 몸을 떨면서 욕실로 직행했다.

꽁꽁 차가워진 발에 따뜻한 물을 뿌리자 조금씩 풀어졌다. 샤워기로 머리부터 물을 뒤집어쓰자 목소리가 새어 나왔다.

"……망했다."

개학식 조례뿐이었는데, 평소의 배 이상으로 지쳤다.

전부 후타바 하루카 때문이다.

내버려 두면 되겠지……하고 생각은 해도, 만에 하나를 상상하면 구하지 않을 수 없는 노릇이었다. 그저 내일부터 일어날 일을 생각하면 마음이 무겁다.

구해주고는 방치, 게다가 막 이사 온 참인 전학생.

다른 사람에게 알려졌다가는 친절하지 못하다는 소리를 들을지도 모른다. 멋대로 비판하는 것뿐이라면 상관없지만, 여자애들이 집단으로 비난하기라도 하면 그 이상 성가신 일도 없다.

하지만 샤워기에서 나오는 뜨거운 물을 맞고 있었더니 이내, 될 대로 되라 하고 마음이 풀어져 갔다.

잠깐 동안은 무슨 소리를 들을지도 모르겠지만, 내가 대응하지 않으면 사람들은 금방 멀어져 간다. 지금까지도 그렇게 해서 넘겨 왔다.

물 낭비로 보일 정도로 오랫동안 샤워를 한 뒤 주방으로 향했다. 냉장고를 열자 엄마가 보충해 둔 음식 재료가 들어 있었다.

"닭고기랑 토마토, 송이버섯인가……."

닭고기 토마토 조림을 만들까, 소금이랑 후추로 밑간을 해서 닭고기를 구울까. 고기의 지방으로 송이버섯을 볶은 뒤 토마토를 곁들이면 맛있는 저녁 식사가 될 것이다.

부모님은 일하느라 집에 돌아오는 시간이 늦고, 아침에 행동하는 시간도 각자 다르기에 가족 셋이서 식탁을 둘러앉는 일은 거의 없다. 이런 생활이 벌써 3, 4년 이어지고 있다.

아버지는 애초부터 출장이나 잔업이 많은 일이라 어릴 적부터 함께 있었던 기억은 그다지 없었다. 엄마도 내가 어릴 땐 일이 적었지만, 서서히 잔업을 늘려 지금은 아버지랑 비슷할 정도로 바쁘게 일하고 있다.

초등학교 6학년 때, 엄마가 내게 물어봤다.

"앞으로는 엄마가 일을 좀 더 늘려도 될까?"—라고.

나는 물론이에요, 라고 대답했다. 오히려 그래 주었으면 했다.

아버지는 반대했지만, 다음 달부터 엄마의 귀가 시간은 늦어졌다.

나는 냉장고에서 사과 주스를 꺼냈다.

"냐아—."

그 소리를 들은 건지 냐아가 발치에 다가왔다.

냐아는 이 집에서 기르고 있는 고양이다.

들은 사람 대부분이 '너무 안이하게 지은 거 아냐?'라고 말하는 이름. 부정하지는 않겠다.

하지만 내가 처음으로 냐아에게 말을 걸었을 때, 분명히 '냐아—'하고 울었다. 지금은 대담해졌지만, 그때는 아직 안으면 부서질 것만 같을 정도로 작았고 가냘픈 목소리로 '냐아—'하고 울었다.

냐아는 내 발등 위에 납죽 배를 깔고 드러누웠다. 밥을 조를 때의 자세다.

"아직 오후 다섯 시야. 저녁 먹기에는 일러."

"냐아—."

냐아는 내 말을 이해하고 있다, 고 생각한다.

밥을 조를 때와 기다려, 라는 말을 들었을 때의 목소리의 톤이 다르다. 지금은 물론 불만스럽다는 '냐아—'이다.

내가 "넌 내가 방심하면 과식하잖아."라고 말하자, 냐아는 마지못한 기색으로 발 위에서 비켰다.

마치 밥을 안 주면 볼일은 없다고 말하는 것처럼, 곧바로 주방에서 모습을 감췄다.

몸길이 약 50cm, 체중 5kg 정도 되는 냐아가 없어진 것만으로도 그 자리의 온도가 내려간 듯한 느낌이 들었다.

"……어쩔 수 없네."

통조림과 말린 음식이 들어 있는 선반을 열었다. 납작한 캔 뚜껑을 따고 안에서 한 장 꺼냈다.

냐아가 다시 내 발치로 다가왔다. 이번에는 선반을 연 소리를 들은 모양이다.

"한 장뿐이다."

—알고 있어.

그렇게 말하는 건지, 냐아는 한 번 울음소리를 낸 뒤 김을 물었다.

"이상한 고양이라니까."

냐아가 귀를 쫑긋 움직였다. 하지만 반론하는 것보다도 눈앞의 김을 먹는 데 더 바쁜 모양이라, 우물우물 입을 움직이고 있었다.

나는 쪼그려 앉아서 냥이와 시선을 맞췄다.

하지만 냐아는 나를 봐 주지는 않는다. 역시 김을 먹느라 정신이 없다.

늘 있는 일이라 나는 개의치 않고 말했다.

"있잖아, 고작 리본 정도로 이 계절에 강물에 들어가? 게다가 교복 차림인데. ……뭐, 예전 학교 교복이니까 더 이상 입을 일은 없겠지만, 아무리 그래도 물이 차갑다는 것 정도는 생각할 수 있잖아."

와구와구.

"아니면 리본이 날아가서 그걸 쫓다 보니 자기도 모르게 들어간 걸까?"

우적우적.

"아침에 학교 올 때 길을 헤맸다더라고. 돌아갈 때는……."

한겨울이 아니어서 괜찮겠지만 치마는 젖어 있었다. 당연히 신발도.

우리 집은 학교에서 비교적 가깝다. 그래도 추운데다가

강물에 젖어서 걷기도 힘들었다. 하지만 그녀의 집은…….

또 헤매고 있을거라 생각하니 조금 걱정이 되었다.

"그 뒤로 잘 돌아갔으려나."

"냐아—."

"이럴 때만 대답하지 마."

날름 혀를 내밀어 입 주변을 핥는다.

"내가 잘못했다고?"

냐아는 대답하지 않았다. 그뿐만 아니라 김을 다 먹고는 곧바로 주방에서 나갔다. 김은 한 장밖에 받을 수 없다는 걸 알고 있기에 하는 행동이다.

"야박한 녀석."

냐아가 없어지니, 역시 춥다.

"……저녁이나 만들까"

저녁 먹기에는 이른 시간이지만, 어차피 혼자라서 언제 먹든 뭐라 할 사람도 없다.

나는 냉장고에서 닭고기와 토마토, 송이버섯을 꺼냈다.

요리는 싫어하지 않는다.

나는 앞으로도 계속해서 1인분을 만들어야 한다는 사실을 떠올리자, 싫어하지 않아서 다행이라고 생각했다.

내 자리에 앉아 가방에서 교과서를 꺼내고 있는데 교실이 술렁였다. 고개를 들어 보니 새로운 교복을 입은 후타바 하루카가 들어온 참이었다.

문 쪽에서 산만하게 주위를 두리번거리고 있다.

혹시, 나를 찾고 있나?

자의식과잉인가 싶으면서도 어제의 일을 꺼내는 것을 원치 않았던 나는 뒤쪽에 있는 사물함으로 가서 그녀에게 등을 돌렸다.

잠시 짐을 정리하는 척하면서 살며시 뒤돌아봤다. 그녀는 여자애들한테 둘러싸여 있었고, 무언가 이야기를 하고 있었다. 그 틈에 나는 내 자리로 돌아갔다.

같은 교복을 입은 후타바 하루카는 어제보다 주변이랑 어울렸다. 하지만 말로는 잘 설명할 수 없어도 그녀만 조금 다른 것처럼 느껴졌다.

입을 크게 벌리고 있는 것도, 소리를 내어 웃고 있는 것도, 스마트폰을 꺼내 연락처를 교환하고 있는 것도 남들과 같은데, 그녀만이 또렷하고 선명하게 보인다.

혼자만 새로 산 교복이라 주위로부터 붕 떠 보이는 걸까.

잠깐 생각해봤지만 답이 나오지 않아, 나는 수학 교과서를 펼쳤다.

교실에 있으면 나는 대부분 공부를 한다. 공부를 좋아하는 것은 아니다. 굳이 말하자면 싫어하는 편이다.

하지만 교과서를 보고 있으면 말을 걸어오는 사람도 없고, 성적도 나름 잘 받고 있으면 부모님도 선생님도 간섭하지 않는다. 그렇게 생각하면 공부도 나쁘지는 않았다.

발소리가 여럿 가까이 다가온다. 책상에 그림자가 졌다.

고개를 들지 않은 채 눈만을 움직여 낌새를 살피자, 조금 전까지 후타바 하루카와 이야기하고 있던 여자애들이 그녀의 책상을 에워싸고 있었다. 대화는 시끄럽지만 그 덕분에 후타바 하루카는 나를 알아보지 못하는 모양이었다.

내 고개는 한층 밑으로 향했다. 그래도 대화는 귀에 들어왔다.

"하루카, 리본 어쨌어? 어제 키치 쌤한테서 받았지?"

하루 만에 '후타바'가 '하루카'로 바뀌어 있다. 여자애들은 성씨와 이름 사이에 우뚝 솟아 있는 10층 빌딩보다도 높은 벽을, 낮은 담 넘듯이 쉽게 뛰어넘어 버린다.

"리본은 그게…… 선생님한테 받은 다음 잃어버려서."

"뭐-? 어제 받은 참인데? 혹시 하루카 좀 덜렁대는 성격이야? 얼핏 보기에는 똑 부러져 보이는데."

"똑 부러진 애가 미아가 되지는 않겠지."

"확실히 그렇긴 해. 괜찮아, 리본은 매점에서 사면되니까. 매점 위치는 알고 있어?"

"아니. 체육관이랑 교실 말고는 전혀 몰라."

"그럼 나중에 학교 안내해 줄게. 그러는 김에 매점도 가자. 나도 노트 다 써서 사야하거든."

"고마워."

"하루 이틀 정도는 없어도 괜찮은데, 계속 리본 안 달고 다니면 주의 받을거야."

"그러게 말이야. 이런 촌스러운 리본 없어도 되는데. 이거 중학생 같지 않아?"

"그러니까, 쇼와*도 아니고 이제 교복 디자인 좀 바꿔 줬으면 좋겠어. 리본도 그냥 끈처럼 보이구."

"그치 그치. 게다가 요즘 세상에 무릎 아래까지 내려오는 감색 플리츠 스커트 입는 것도 우리 학교 정도 아냐? 하루카가 어제 입고 왔던 교복 이뻤지-. 그거 엄청 귀여웠어. 체크무늬 스커트에 핑크 라인이 들어가 있었잖아."

---

* 일본 연호. 1926년 12월 25일~1989년 1월 7일까지의 시기

—용케 기억하고 있네…….

귀에 들어오는 대화에 나는 등줄기가 서늘해졌다.

교복 같은 건 다소의 차이는 있어도 그다지 크게 다르지 않다고 생각했는데.

교복에 대한 여자들의 집요함 나로서는 이해할 수가 없다.

"교복이 이런 촌스러운 디자인으로 바뀌어서 하루카도 싫지 않았어?"

"아냐, 이것도 좋아. 양쪽 다 입을 수 있어서 운이 좋다고 생각하는걸."

"에이, 이 교복 진짜 별론데도?"

"디자인은 클래식하지만 나는 좋아. 엄마 고등학교 시절 사진을 본 적 있는데 이거랑 비슷한 걸 입고 있었어. 그 때문인지 오늘 아침에 이 교복을 입었더니 부모님이 묘하게 들떠서는."

"뭐야 그게. 엄마는 그렇다 쳐도 아빠까지?"

"그건 좀 오버 아냐?"

"좀 깨는데, 아빠가 자기 딸의 교복 차림에 기뻐하고 있으면."

"깬다, 확실히 깨."

후타바 하루카는 하고 싶은 말을 있는 대로 다 쏟아내는 여자애들에게 제동을 걸었다.

"그런 게 아니라, 우리 부모님은 고등학교 시절부터 만났었거든. 아마도 아빠는 학창 시절 때 엄마를 떠올렸던 거야. 늘 나 보고 엄마를 쏙 빼닮았다고 그랬으니까."

"아– 그거다. 아침부터 자식 보는 앞에서 잉꼬부부 어필하는 거."

와–, 꺄아–, 하는 여자애들의 즐거운 듯한 목소리가 너무 시끄러워서 문제가 전혀 머릿속에 들어오지 않는다.

자리를 피하려고 몸을 일으키자, 교과서 위에 올려둔 은색 샤프가 바닥에 떨어졌다.

"아……."

후타바 하루카가 스윽하고 주웠다.

"이거, 어?! 어제 그?"

나는 시선을 마주치지 않도록 하면서 샤프를 건네 받았다. 그대로 교실을 나가려고 했지만, 한 여자애가 그 말을 놓치지 않았다.

"어제, 무슨 일 있었어?"

"뭐야 뭐야?"

"후지쿠라한테 무슨 일 당했어?"

"아니, 그런 게 아니라……."

나한테 말 걸지 마. 가까이 오지 마.

하지만 그런 바람은 통할 리 없었고, 후타바 하루카는 나를 쫓아왔다.

"어제 구해준 사람이죠? 역시 같은 반이었네요."

"구해줘? 후지쿠라가?"

"괜찮았어?"

"하루카, 무슨 일이 있었던 거야?"

"숨기지 말고 말해버려."

내 눈앞에서 나에 대한 이야기가 물 흐르듯이 흘러간다. 하지만 그것은 어느 정도 각오하고 있었다.

후타바 하루카의 주위에는 내가 1학년 때 같은 반이었던 여자애가 두 명 있었기 때문이다.

나는 입학식 때부터 누구와도 말을 하지 않았고, 체육대회나 문화제 등의 학교 행사도 제대로 참가하지 않았기에 '늘 기분이 안 좋고, 누구랑도 어울리지 않아서 상대하기 껄끄러운 녀석'으로 여겨지고 있다는 건 알고 있었다.

역시 어제 구해주지 말 걸 그랬다.

나는 후타바 하루카를 한번 흘겨봤다.

—뭐야 저거, 기분 나빠.

작년에 같은 반이었던 여자애의 목소리가 내 등에 꽂힌다.

그래도 대꾸하지 않고 교실을 나가려고 하자, 교실 문 앞에서 후타바 하루카가 내 재킷 소매를 잡아당겼다.

"어제는, 고마웠어요. 감사하다는 말을 제대로 못 해서 죄송해요."

"놔."

"—네?"

"재킷."

"죄, 죄송해요."

그녀가 고개를 숙이자 같이 있던 여자애 중 한 명이 후타바 하루카의 팔을 잡아끌었다.

"하루카! 이제 곧 조례 시작해."

"으, 응. 그래도……."

"후지쿠라는 신경 안 쓰는 게 좋아. 저 녀석 말도 거의 안 하고, 가까이 가면 이 사람 저 사람 가리지 않고 노려보는 엄청난 타인 혐오증이니까."

그건 옳다. 내게 가까이 오지 않는 편이 좋다.

교실을 나서자 나는 복도를 뛰고 있는 사람들과는 반대 방향으로 걸어갔다.

1교시는 땡땡이다. 나중에 불려 가겠지만 지금은 교실로 돌아갈 생각이 들지 않는다. 지금은 그저 혼자가 되고 싶었다.

이동장 안에서 언짢아하는 듯한 울음소리와 득득 하고 발톱으로 긁어 대는 소리가 났다.

"아아, 정말. 알았으니까 조금은 얌전히 있어 줘."

이럴 때는 아무리 내가 호소해도 냐아는 얌전해지지 않는다.

냐아는 이동장을 싫어해서 안에 넣는 것도 한 고생 하거니와, 넣은 후에도 또 한 고생 한다. 평소에는 시끄럽게 구는 일이 거의 없는데, 이 안에 들어가 있으면 마치 이 세상이 끝난 건가 싶을 정도로 날뛴다.

"어쩔 수 없잖아. 예방접종은 해야 하니까."

"캬아—. 캬아—."

주사도 싫어한다. 싫어하는 게 거듭되어서 흥분한 상태다. 울음소리도 위협적이다.

"아– 그래그래. 알았어. 냐아가 좋아하는 거 사줄게."

"캬악—."

곧장 귀가하는 걸 포기하고 상점가로 발길을 옮겼다.

내가 사는 마을은 그리 크지 않다. 걸어서 갈 수 있는 범위 안에는 슈퍼마켓과 상점가가 있는 정도다. 시가지에는 더 큰 쇼핑몰도 있지만, 그곳에 가려면 버스나 자동차가 필요해진다.

상점가 끝에 있는 애완동물 가게의 문을 열었다.

띠링, 하고 문에 달린 종이 울렸다.

내 모습을 발견하자 계산대에 있던 초로의 여성이 미소를 지었다.

"어서 오렴. 냐아짱이랑 히지리."

이 가게의 점장인 미즈노 씨는 마치 그것이 예의라고 생각하고 있는 것인지, 언제나 나보다도 먼저 냐아를 부른다.

가게 안에 다른 손님이 없는 건 한눈에 알 수 있다. 아담한 가게는 10년 정도 전에 미즈노 씨의 남편이 병으로 돌아가시고 난 뒤, 혼자서 운영할 수 있을 정도로 규모를 줄였다고 한다.

가게 구석에는 고양이가 놀 수 있는 캣 타워가 놓여 있다. 장소가 바뀌면 싫어하는 고양이도 있지만 냐아는 동요하기는커녕 겨우 해방되었다는 듯이 문을 열어주자 이동장에서 기세 좋게 뛰쳐나갔다.

"어머나-, 많이 컸구나."

미즈노 씨는 냐아에게 얼굴을 가까이 가져다 댔다. 안아 올리지 않는 건 냐아가 즐거운 듯이 뛰어다니고 있기 때문이겠지.

"몸무게는 변하지 않았어요. 지금 막 병원에서 재고 왔거든요."

"내가 말하고 있는 건 히지리 너란다."

미즈노 씨는 마치 어린애가 장난을 쳤을 때와 같은 표정을 지었다.

"고등학교 생활은 즐겁니?"

"작년이랑 거의 비슷해요."

"그런 대답을 기대한 게 아닌데. 즐겁지 않다는 말이라면 이해 못 하는 건 아니지만, 히지리 성격으로 보면 스스로 변화를 외면하고 있는 거 아니니?"

미즈노 씨는 가끔 내 마음을 꿰뚫어 본 것처럼 말한다. 그 부분이 조금 대하기 어려웠다.

"……저는 지금 이대로가 좋을 뿐이에요."

"변화를 거부해도 그것을 거스를 수 없는 경우도 있다고 한단다. 운명이라고 말하면 호들갑일지도 모르지만, 흐름이 바뀐다고 표현 하는게 맞으려나."

냐아를 기르기 시작했을 때부터 신세를 지고 있어서, 미즈노 씨가 나쁜 사람이 아니라는 건 알고 있다. 남을 잘 신경 써 주는 좋은 사람이라고는 생각한다.

하지만 이 이상 파고들어 오는 것이 무서워서, 나는 반론하기보다도 재빨리 대화를 마무리 짓는 쪽을 선택했다.

"노력할게요."

그 대답에 만족한 것인지 미즈노 씨도 더 이상 묻지 않고 애완동물 사료 판매대로 향하며 "평소 먹던 거?"라고 물었다.

"네, 세 봉지 부탁드릴게요."

"어머, 오늘은 평소보다 많네……. 그렇다는 건, 예방접종이구나."

정말이지, 이 사람은 세세한 것까지 잘 기억하고 있다. 예방접종을 했을 때는 평소보다 쿠키를 많이 산다는 것을 내가 예전에 말했을 것이다. 말한 나조차도 이미 기억하고 있지 않지만.

분명 내가 마지막으로 언제쯤 가게에 왔는지도 기억하고 있을 게 틀림없다.

"주사 맞는 동안 냐아는 얌전했니?"

"의외로 얌전했어요. 아마 날뛰어 봤자 도망칠 수 없다는 사실을 학습한 거라고 생각해요. 끝난 뒤에 시끄럽게 굴면 상을 받을 수 있다는 것도요."

미즈노 씨가 쿠쿡 하고 웃었다.

"그러네, 냐아는 영리하니까 그런 면이 있을 것 같아."

계산대에서 계산을 마치고 쿠키를 받아 들었다. 나는 딱 한 번 고양이용 쿠키를 먹어본 적이 있다. 간이 싱거워서 맛있지는 않았지만, 냐아는 기뻐하면서 먹는다. 이런 점은 역시 고양이라고 생각한다.

내가 캣 타워로 가까이 다가가자, 냐아의 시선이 내 손으로 향한 느낌이 들었다. 지금 당장 쿠키를 이리 넘겨, 라고 말하고 있는 건가. 그게 아니면 이동장에는 이제 들어가지 않겠다고 말하고 있는 건가…….

"집에 돌아갈 때까지 안 줄 거다."

"냐아—."

지금 당장 이리 넘겨, 다.

하지만 그것만은 하지 않는다. 한번은 이동장에 넣기 전에 쿠키를 먹였더니 흔들린 탓에 멀미를 한 건지, 안에서 토를 한 적이 있기 때문이다.

이제 냐아를 다시 집어넣는 게 문제다. 고생할 걸 알고 있으면 애초에 이동장에서 꺼내지 않으면 되는데, 좁은 곳에 가둬 두는 것도 불쌍해서 이런 일이 되풀이되고 있다.

요전에는 미즈노 씨가 장난감으로 주의를 끌어 준 사이에 안아서 넣었다. 같은 방법이 통용될지는 알 수 없지만, 이번에도 그렇게 할 수밖에 없다.

문에 달린 종이 울린다.

나와 미즈노 씨는 입구 쪽을 바라봤다.

"어서 오세요."

"—아."

고개를 돌리려 했지만, 한 박자 늦었다.

"후지쿠라……."

"어머, 어머, 두 사람 친구니?"

미즈노 씨가 나와 후타바 하루카의 얼굴을 번갈아 보고 있었다.

교실에서 있었던 일 때문인지 그녀는 곤란한 듯이 애매한 미소를 띠고 있다.

나도 잠자코 있었더니 미즈노 씨는 "혹시……."라며 눈을 초승달처럼 가늘게 뜨고는 이상한 쪽으로 추측했다.

후타바 하루카가 "동급생이에요."라며 황급히 말했다. 나도 고개를 끄덕였다.

"그래, 히지리랑 같은 학교구나. 누구든 환영이지만, 동급생이라면 더더욱 환영한단다. 좁은 가게지만 느긋하게 보고 가렴."

미즈노 씨에게는 '연인'도 '동급생'도 차이가 없는 모양이다. 후타바 하루카에게 가게 안을 안내하고 있다.

다만, 가게는 정말로 좁다. 금방 다 둘러보고서 미즈노 씨는 캣 타워 쪽으로 그녀를 끌고 왔다.

"얘는 히지리가 기르는 고양이."

"와아, 귀여워!"

"그렇지? 냐아짱이라고 한단다. 참, 짱을 붙이기에는 이제 할아버지인가. 아홉 살이니까."

"고양이는 몇 살이 되어도 귀여우니까 괜찮다고 생각해요. 그렇구나-, 너는 냐아짱이라고 하는구나. 잘 부탁해."

후타바 하루카는 냐아에게 시선을 맞추는 것처럼 무릎을 굽혔다. 상반신은 두꺼운 파카를 입고 있었지만, 데님 반바지 밖으로 보이는 맨다리가 눈에 자극적이었다.

그녀가 냐아의 목 주위를 상냥하게 어루만지자, 냐아는 기분 좋은 듯이 눈을 가늘게 떴다.

조금 전까지 나를 노려보고 있었으면서, 마치 이게 평소의 표정입니다만 무슨 문제라도? 라고 말하는 것처럼 본성을 숨기고 있었다.

"으음- 귀여워. 엄청 얌전해."

"만져 주는 사람이 귀여운 여자애인걸, 냐아도 기쁜 거 아니니?"

죄송하게 됐네요. 주인은 성격 비뚤어진 귀염성 없는 남자라.

"아니에요. 냐아짱이 착한 거예요."

주인인 나를 따돌리고 냐아에 관한 대화가 이어진다.

"후지쿠라가 기르고 있는 건 냐아짱뿐이야?"

학교에서 일어났던 일은 신경 쓰였지만, 미즈노 씨 앞에서 그녀를 무시할 수 없었다.

"……뭐, 그렇지."

"나도 한 마리 기르고 있어. 랙돌이라고 알아?"

나는 고개를 끄덕였다.

랙돌은 털이 풍성하여 인형 같은 고양이다. 다만 사진으로 본 적이 있을 뿐 실제로 만져본 적은 없다.

"이 가게에 랙돌은 없네."

후타바 하루카는 두리번두리번 눈을 움직이더니 고개를 갸웃거렸다.

"랙돌은, 이라기보다도……."

"맞아. 동물이 없단다."

"애완동물 가게인데 말이지."

내가 무심코 말을 내뱉자 미즈노 씨는 쉬잇, 하고 입술에 검지를 가져다 댔다.

"그건 말하면 안 돼."

"사실이잖아요. 이 가게는 동물이 하나도 없어."

"마음이 안내키거든, 가게에 두는 건 팔려나가는 걸 기다리는 느낌이 나서. 매일 돌봐주고 있으면 정도 생겨서 놓아주고 싶지 않아지고, 물론 남편이 있었을 때는 몇 마리 정도 가게에 있었단다. 하지만 나 혼자서는 힘드니까 그만뒀지. 개나 고양이를 희망하는 분이 계시면 잘 알고 지내는 브리더*한테 연락해서 소개해 드리고 있어, 마음에 드는 아이를 찾을 때까지 몇 번이고. 품은 들지만 나한테는 이 방법이 맞는 것 같단다."

"그건 품이 아니라 새로운 가족과 만나기 위한 시간이에요."

후타바 하루카는 눈을 반짝이며 부끄러운 대사를 말했다. 그 표정을 보고 있었더니 진심이라는 게 전해져서 더

* 번식전문가, 동물사육사를 뜻 한다.

욱더 부끄러워졌지만, 미즈노 씨는 응, 응, 하고 고개를 끄덕이며 그녀의 손을 잡았다.

"알아주는구나. 그렇단다, 가족을 맞이하기 위해서인 걸. 간단히 끝내려 하는 건 좋지 않지."

"네! 저도 린노스케와 만나기까지는—아, 린노스케의 린은 방울 령(鈴) 할 때의 린이고, 노스케의 노는 노기자카(乃木坂)의 노고, 스케는 개호(介護)하다 할 때의 그 개예요. 그래서 린노스케랑 만나기까지는 반년 정도 걸렸어요. 하지만 전혀 힘들지 않았고, 만난 순간 운명을 느껴서 그러기를 잘했다고 생각하고 있어요."

"그래! 그렇단다. 너는, 그러니까……."

"후타바 하루카예요."

"멋진 이름이네. 정말로 하루카, 네 말대로란다."

들뜬 두 사람은 내버려 두고, 나는 돌아갈 준비를 시작했다.

냐아를 이동장에 넣고자 입구를 열고 손짓했지만, 냐아는 고개를 홱 돌려 버렸다.

"두고 간다."

"어머, 히지리. 그런 말 하면 안 돼. 냐아짱이 슬퍼하잖아."

냐아는 그런 기특한 고양이가 아니다. 지금도 미즈노 씨가 안 보는 곳에서 헤헷, 하고 웃는 것처럼 작은 혀를 내밀고 있었다.

이렇게 되면 실력 행사인가. 내 손이나 얼굴에 할퀸 상처가 생기겠지만 참아야 한다.

내가 손을 뻗자 후타바 하루카가 냐아의 얼굴 앞에서 장난감을 움직이기 시작했다.

"이쪽이야."

냐아의 얼굴이 헤벌쭉한 것은 기분 탓……은 아니라고 생각한다.

미즈노 씨에게도 보여주지 않는 헤픈 표정을 짓고 있었다.

후타바 하루카가 "지금이야."라고 작은 목소리로 말했다.

"어?"

"냐아짱이랑 놀고 있을 테니까."

고양이를 기르고 있는 그녀가 고양이를 다루는 데 능숙한 건 당연할지도 모른다.

그저, 학교에서의 일이 있었던 만큼 나를 도와줄 거라고는 생각하지 않고 있었다.

"히지리, 타이밍 놓치면 또 큰일이란다."

미즈노 씨도 재촉을 해서 나는 냐아의 뒤로 돌아갔다. 소리가 나지 않도록 이동장을 가까이 대고, 재빠르게 냐아를 끌어안았다.

"캬아―!"

냐아가 화난 소리를 질렀을 때는 이미 이동장 안이었다.

안에서 으드득으드득하는 소리가 난다. 아직 울음소리를 내고 있었다.

나 역시 불쌍하게 여기지 않는 것은 아니다. 하지만 집까지 약 20분은 걸리는 거리다. 냐아를 계속 품에 안은 채 돌아갈 자신은 없었다.

두 사람에게 감사를 표하고 가게를 나왔다. 후타바 하루카는 아직 가게에 남는 모양이다.

밖으로 나오자 한참 전에 오후 여섯 시가 지났는데도 하늘은 어슴푸레하게 밝았다.

역시나 이쯤 되니 냐아도 포기한 건지, 조금 전보다는 얌전하게 있었다.

"후지쿠라, 잠깐만!"

후타바 하루카가 숨을 헐떡이며 달려온다. 내 앞에서 발을 멈추고는 하아, 하고 숨을 크게 내쉬었다.

"가게에서 물어봤더니, 후지쿠라한테 물어보라고 하시길래."

"뭘?"

"병원, 어디 다니고 있어?"

"어?"

"아, 동물병원 말이야. 막 이사 온 참이라 잘 몰라서."

"아아……. 인터넷에서 검색하면 나와."

"응, 그래도 수가 많으니까 어디가 좋은지 잘 몰라서. 그리고 인터넷에 나온 평판이 꼭 맞다는 보장도 없잖아."

확실히 그렇다. 병원에 한하지 않더라도 인터넷에 나온 정보에 배신당한 경험은 내게도 있다.

하지만 미즈노 씨도 이 주변에 있는 병원들이라면 잘 알고 있을텐데, 굳이 나한테 보내지 않아도…….

그게 아니면 동급생이니까 나중에 학교에서 물어보렴, 이라는 말이라도 들은 걸까.

그리고 학교가 아니라 지금 물어보려는 것은 교실 분위기를 읽은 그녀 나름의 배려일지도 모른다.

나는 지갑에서 진찰권을 꺼냈다.

"냐아를 봐주는 단골 동물병원."

"지금 메모할게."

그녀는 스마트폰을 꺼내 입력한다. 진찰권의 글자를 보기에는 어두컴컴한지, 생각보다 시간이 걸렸다.

안달이 난다.

길가에 서서 누군가와 이야기를 하는 것이 진정되지 않았다.

"사진을 찍는 게 어때?"

"아, 그러네, 미안. 그렇게 하면 금방 끝나겠구나."

후타바 하루카가 당황한 모습으로 스마트폰을 조작하자, 한순간 내 손 근처가 번쩍하며 밝아졌다.

사진을 확인해 보니, 병원 이름과 주소도 깔끔하게 찍혀 있었다.

"그럼."

지금 당장 떠나고 싶었다.

어째서 그런 생각이 든 건지는 모르겠지만, 여하튼 이 자리에서 멀어지고 싶었다.

성큼성큼 걷고 있자, 뒤쪽에서 소리가 났다.

"고마워."

뒤돌아보지 않았으니까 그녀가 어떤 얼굴을 하고 있었는지는 모른다.

하지만 어째서인지 미소를 지으며 손을 흔들고 있는 모

습이 눈에 떠올랐다.

옥상은 교내의 소란스러운 분위기에서 멀어질 수 있다. 점심 식사를 끝내고 나는 콘크리트 위에 드러누웠다.

봄날의 햇볕은 따뜻해서 졸음을 유발한다.

잠시 꿈과 현실 사이를 떠다니는 것처럼 얕게 잠들어 있는데, 내 위에 그림자가 졌다.

눈을 감기 전, 하늘에는 구름이 몇인가 있었다.

이대로 그늘이 지면 추워지겠는데, 하고 생각하면서 실눈을 떴다.

"—우왓!"

처음에는 꿈의 뒷부분을 계속해서 보고 있는 건가 싶었다. 하지만 아니다.

두세 번 눈을 깜박여도 경치는 변하지 않아서, 현실임을 알게 됐다.

어째서 여기에?

어떻게 이 장소를?

하지만 잠에서 깨어날 즈음에 난입해 와서 놀란 것도 있고, 자물쇠를 잔뜩 달아 둔 나만의 보물 상자를 남이 멋대로 열어본 듯한 느낌이 들어서 아무 말도 나오지 않았다.

후타바 하루카가 "미안."이라며 양손을 모았다.

"자는데 내가 깨워 버린 걸까?"

놀란 탓인지 화가 난 탓인지는 알 수 없었지만, 머릿속 혈관이 느껴질 정도로 지끈거리며 두통이 왔다.

"……어떻게 여기 온 거야?"

상반신을 일으키며 그녀를 노려봤다.

하지만 그녀는 주눅 들지 않고 애완동물 가게에서 냐아와 놀고 있을 때와 같은 분위기로 이야기했다.

"도시락 다 먹고 나서 후지쿠라를 찾는데 보이질 않더라구. 미즈호랑 다른 애들한테 물어보니까 점심시간에는 늘 교실에 없다고 가르쳐 줬어. 그래서 어디 정해둔 장소라도 있는건가 싶어서."

"대단한 추리력이네."

"추리라니, 전혀. 직접 발로 뛴 조사에 가깝다고 해야겠지. 왜냐면 처음에는 도서관에 갔다가, 그다음에는 체육관, 그다음에는 양호실, 그다음은 교무실, 그다음은 교사 옥상에 가려고 했는데 문이 잠겨 있어서…… 그래서, 왠지 모르게, 정말로 왠지 모르게 교내 안에 없을 것 같은 느낌이 들었으니까, 어디에 있을까? 하고 생각했더니 강이 보일 것 같은 장소일지도 모른다고 생각해서."

"……왜 그렇게 생각한 거야?"

"첫날에 구해줬으니까."

"하지만 내 모습은 아래쪽에서는 안 보일 텐데."

"그렇긴 한데, 이 건물 주변을 걸어 봤더니 풀이 밟힌 흔적이 있었거든. 그리고 계단 입구의 밧줄이 조금 느슨해져 있었고."

1년 가까이 누구도 이곳에 오지 않았는데, 전학 오고 불과 사흘 만에 도착할 줄이야.

나는 화낼 기력도 잃은 채, 그저 한숨을 내쉬었다.

"장래에는 탐정이나 경찰관이라도 되지 그래? 그만큼 끈질기면 우수한 조사원이 될 수 있겠다."

물론 비아냥댈 속셈으로 한 말이었다. 애초에 미아가 되는 순경은 동화 속에도 없다.

하지만 내 비아냥은 그녀에겐 통하지 않았던 모양이다. 그러기는커녕 진지한 얼굴로 내게 물었다.

"이과 쪽도 경찰관 채용이 있을까?"

"……있지 않을까?"

"그러네. 응, 지금으로서는 그쪽으로 생각하고 있지 않지만……."

후타바 하루카가 갑자기 오른손을 들어 척, 하고 경례 자세를 취했다.

"일단 조사 정도는 해둘까?"

"……마음대로 하지 그래."

그녀는 내 옆에 앉았다. 으응- 하는 소리를 내면서 기지개를 켠다.

"기분 좋은 곳이네."

그건 아직 봄이기 때문이다. 한여름날의 이곳은 지옥이나 다름없다.

하지만 그런 걸 그녀에게 설명할 필요는 없다.

"……그래서, 뭐야?"

"뭐야, 라니?"

"다른 사람의 낮잠을 방해하는 게 목적이야?"

"아, 그랬지. 후지쿠라한테 주고 싶은 게 있었어."

후타바 하루카는 캐릭터가 달린 가방에서 작은 상자 몇 개를 꺼냈다.

빼빼로, 쿠키, 초콜릿. 편의점에서 자주 보는 과자다. 그중에서도 초콜릿이 대량으로 있었다.

"이게 뭔데?"

"과자."

바보 취급하고 있는 건가.

"그 정도는 알고 있거든. 이걸 왜 나한테 주겠다는 건지 모르겠다는 거라고."

"답례야."

"병원을 알려줬을 뿐인데, 네가 먹지 그래?"

"과자 싫어해?"

"……싫어하지는 않아."

"그럼, 같이 먹지 않을래? 내가 추천하는 건 말이지…… 이거려나."

후타바 하루카는 새로 나온 거라며 오렌지 필링이 들어간 초콜릿을 손에 들었다.

"안 먹어."

"초콜릿도 안 들어갈 정도로 배가 부른 거야?"

"그런 게 아니라."

"아니면 초콜릿 싫어해?"

"싫어하지는 않는다고 했잖아."

"그럼 먹자."

내 목소리가 점점 불쾌하게 변해도 그녀는 계속해서 말을 걸었다.

더는 참을 수가 없었다.

"그런 게 아니라! 조금 전에도 말했듯이 병원을 알려준 것 정도로 답례 같은 거 하지 않아도 된다고! 답례를 하고 싶다면 나를 혼자 두는 편이 훨씬 고맙거든!"

후타바 하루카의 얼굴에서 순식간에 미소가 사라졌다.

나는 나쁘지 않다. 이 장소에 난입해 온 것은 그녀다. 다만, 말이 조금 지나쳤다—고는 생각한다.

하지만 내 후회는 한순간에 끝났다.

상자를 열고 내게 초콜릿을 건네는 그녀는 이미 웃고 있었다.

"자, 오렌지 껍질의 은은한 쌉싸래함 때문에 두 개, 세 개, 자꾸 먹게 된단 말이지. 그리고 어느샌가 보면 한 상자 전부 먹어 치워버리는 내가 있더라구."

행복해 보이는…… 냐아가 김을 눈앞에 뒀을 때처럼 후타바 하루카는 초콜릿밖에 보고 있지 않았다.

저항해 봤자 헛수고라고 생각했다.

"한 상자 다 먹으면 후회하는 거 아니야?"

"응. 아차, 저질러 버렸다 하는 느낌이 나중에 엄청나게 몰려와. 그리고나서 내일부터는 과자를 삼가야겠다고 생각하는데, 또 다음 날이 되면 먹고 있어."

정말로 삼갈 생각이 있다면 과자를 이렇게 잔뜩 사 오지는 않는다.

나는 가방 가득 담긴 과자를 곁눈질하며 "답례는 좀 지나쳐."라고 말했다.

"지나친 거 아니야. 강에서 구해준 답례인걸. 생명의 은인에게 답례를 하는 건 당연하잖아?"

"그래서 너도 먹는 거야?"

"왜냐면 가만히 뒀다가는 후지쿠라가 안 먹을 것 같으니까. 혼자서 먹는 것보다 둘이서 먹는 편이 맛있고, 과자도 맛있게 먹어 주는 편이 행복할 테니까."

"이것저것 핑계를 늘어놓지만 결국은 먹고 싶은 것뿐이라고 생각되는 건 내 기분 탓이지?"

"아니, 사실이야."

후타바 하루카는 냐아가 장난을 칠 때 처럼 작게 혀를 내밀었다.

아아, 그렇구나. 내가 그녀에게 휘둘리는 건 냐아와 닮은 점을 발견했기 때문이다.

그녀의 말대로, 딱히 좋아하지도 싫어하지도 않는 초콜릿이 오늘은 왠지 모르게 맛있게 느껴졌다.

"냐아짱 귀엽지."

"뭐……."

"새끼 고양이일 때부터 기르고 있는 거야?"

"응."

"집 안에서 길러? 아니면 바깥에 내보내?"

"집 안."

"가족 중에서 제일 많이 돌봐주고 있는 건, 후지쿠라야?"

"응."

"밤에 같이 자?"

"가끔."

"혹시 자고 있을 때, 어느샌가 이불 속으로 들어와 있고 막 그래?"

"그렇지."

"겨울에는 따뜻하지."

"응."

"좋아하는 건?"

"김."

"그렇구나. 그럼 다음에는 과자가 아니라 김을 가지고 올게. 옥상에서 김을 먹는 건 좀 별나다는 느낌이 들기는 하지만."

"응?"

나는 미묘하게 대화가 서로 맞지 않았다는 사실을 깨달았다.

"……김은 냐아가 좋아하는 거고, 나는 아니야."

"그래? 난 후지쿠라가 좋아하는 걸 물은 건데."

"그 대화 흐름에서 보통 나에 대해 물었다고 생각을 할까."

후타바 하루카는 그것도 그런가—, 라고 중얼거리며 마지막 초콜릿에 손을 뻗고 있었다.

"그럼 후지쿠라가 좋아하는 건?"

"딱히 이렇다 할 건……."

"싫어하는 건?"

"못 먹을 정도로 싫어하는 것도 없어."

"그건 바람직하지만, 좋아하는 건 있는 편이 좋다고 생각해."

"쓸데없는 참견이네."

평범한 여자애라면 이미 한참 전에 내게서 멀어졌을 텐데, 후타바 하루카한테 그런 낌새는 없다. 그러기는커녕 가방 안에 한층 손을 넣고 있었다.

"쿠키도 먹을래?"

"필요 없어."

"그렇구나……"

"방금 점심 먹은 참이니까."

"간식이 들어가는 배는 따로 있다고들 하잖아?"

"위는 하나밖에 없어."

"하지만 사람의 위는 맛있는 걸 보면 음식이 들어갈 공간을 확보하려고 한대. TV에서 그랬어."

그건 나도 본 적이 있다.

하지만 내게는 쿠키로 위를 움직일 힘은 없다.

"후타바가 먹으면 되잖아."

"아니, 그만먹을래. 아무리 나라도 지금은 의지의 힘을 써도 공간 확보가 안 되니까."

즉, 배가 가득 찼다는 말인 듯하다.

그녀는 남은 과자를 캐릭터가 달린 가방째로 내게 밀어붙였다.

"집에서 먹어."

"……고마워."

받아들면 그녀가 이곳에서 떠나지 않을까 생각했다.

하지만 후타바 하루카는 계속해서 내 옆에 있었다.

이곳은 나의 장소.

그렇게 주장하고 싶었지만, 애초에 내게 그런 권리 따위 있을 리가 없었다.

권리가 있다고 한다면 이 학교 학생 전원이고, 출입금지인 이상 본래 누구도 들어와서는 안 된다.

결국, 대화는 계속되었다.

"냐아쨩이라고 이름 붙인 건 누구야?"

"……나."

후회는 없지만, 확실히 다른 사람이 이름을 물어보면 대답하는 게 조금 부끄럽게 느껴진다.

동물병원 문진표에 '후지쿠라 냐아'라고 쓰는 초등학생 시절의 내게 후회할 거라는 사실을 전해 주고 싶었다.

어차피 후타바 하루카도 웃을거라 생각했는데, 그녀는 내 상상을 뛰어넘은 반응을 보였다.

"인스피레이션을 무시할 수는 없으니까 말이지."

"어?"

"직관적으로 '이거다!' 싶으면 다른 이름을 생각해도 팍 안 와 닿잖아."

"혹시 린노스케라는 건……."

"눈치챘어? 응. 목에 단 방울이 띠링, 하고 울리니까 린노스케라고 한 거야. 우리 아버지가 류노스케고, 할아버지가 유키노스케. 우리 집에 온 고양이도 남자애니까 필연적으로 노스케를 붙이게 되어서 린노스케. 친척들한테는 안이하다는 말을 듣지만, 그게 좋다고 생각했으니까 어쩔 수 없지."

"안이하다는 말은 나도 자주 들었어."

"하지만 미케나 타마도 안이하다고 하면 안이해. 반대로 아키라나 히로시 같은 이름을 붙여도 무슨 말 들을 것 같고."

동료라도 찾았다는 듯이 그녀는 고양이 이야기를 계속했다. 다만 그 점에 관해서는 나도 이견이 없었다. 적어도 과자 이야기보다 훨씬 즐겁다.

"냐아짱은 후지쿠라를 엄청 잘 따르지."

"그렇지도 않아."

"하지만 요전에 이동장에 넣을 때, 생각했던 것보다 얌전했어."

그건…… 미즈노 씨의 말을 빌리자면 귀여운 여자애가 놀아주고 있었으니까.

하지만 그 사실은 냐아의 명예를 위해 발설하지 않았다.

"불러도 안 오는 경우 꽤 있어."

"우리 린노스케도 변덕쟁이 같은 면이 좀 있어. 엄청나게 어리광쟁이인 주제에 기분파라니까."

"고양이니까."

"응. 하지만 내가 꼭 곁에 있어 줬으면 좋겠다고 생각할 때는 반드시 와 줘. 그래서 고양이는 사람의 말을 이해하고 있는게 아닐까 하는 생각이 들어."

나는 조금 놀랐다. 나와 똑같이 생각하는 사람이 있었기 때문이다. 하지만 내가 입을 다물고 있었던 탓인지, 그녀는 반대의 경우를 생각한 모양이다.

"아, 그 얼굴은 안 믿고 있구나? 하지만 이해하고 있다고 생각해. 적어도 우리 린노스케는 영리하니까 말이 통하는걸."

"그렇게 따지면 냐아도 꽤 똑똑해."

"아니, 우리 린노스케가 더 영리하니까 아마도 내가 말하는 건 똑바로 전해지고 있을 거야."

"글쎄다. '아마도'와 같은 그런 수준이 아니라 냐아의 행동에는 제대로 된 이유가 있으니까 영리함은 냐아가 더 위일걸."

"그런 건 린노스케도."

우리의 고양이 자랑은 멈추지 않고 가속해 나아갔다.

만약 고양이를 기르지 않는 사람이 들었다가는 실소를 금할 수 없었을지도 모른다.

하지만 한번 말하기 시작하자, 우리는 자기가 기르는 고양이가 얼마나 뛰어난지 귀여운지를 이야기하지 않을 수 없었다.

이야기는 '걷는 모습'부터 '먹는 모습'. '자고 있을 때의 표정'에 이어서 '몸을 쭉 펴는 자세'. 마지막은 '볼일 본 뒤의 뒷정리'가 얼마나 훌륭한지까지 발전해 나갔다.

고양이 애호가의 함정에 빠져서 나는 이례적으로 말이 많아졌다.

다만 무슨 일에든 시작이 있으면 끝이 있듯이, 이 시간도 길게는 이어지지 않았다.

"이곳 경치 엄청 예쁘다. 강이 반짝반짝해. 후지쿠라의 특등석—"

그녀는 말을 하는 도중에 입을 다물었다. 옆을 보자 눈이 마주쳤다.

"왜 그래?"

"아니, 아무것도 아니야."

그녀가 무슨 말을 하려고 했는지, 신경 쓰지 않는다고 하면 거짓말이다. 하지만 나는 캐묻지 않았다. 내가 그래, 하고 대답하자 그녀는 응, 이라고 말했다.

그녀가 입을 다물자 우리 주위는 고요해졌다. 그건 여느 때와 다름없는 옥상이었다.

어째서 내가 혼자서 있는지, 왜 이곳에 있는지를 상기시켜 주는 것처럼.

반짝반짝 빛나는 수면을 바라보며, 나는 옅은 숨결을 내뱉었다.

골든위크*가 끝나자 자리를 바꿨다.

이번에도 담임이 정한 대로는 움직이지 않았지만, 그룹이 뭉쳐진 것도 있어서 각자가 서로 있을 곳을 만든다.

나는 여전히 창가 가장 뒤쪽 자리를 확보했고, 후타바 하루카는 반에 완전히 녹아들어 마치 작년부터 이 학교에 있었던 것처럼 융화되어 있었다.

"하루카–. 어제 드라마 봤어?"

"응, 엄청 재미있었지. 다음 주는 라이벌이 움직이기 시작할 것 같은 분위기로 끝나지 않았어? 그거 어떻게 될 거 같아?"

"하루카–, 영어 번역 다 했어?"

"응, 거의 다 했어, 볼래?"

* Golden Week. 일본은 4월 말부터 5월 초까지 공휴일이 모여 있는데, 이 기간을 황금연휴라고 부른다.

"하루카-, 고전 사전 좀 빌려줘-."

"그래. 우리 반은 오늘 고전 수업 없으니까, 시간 있을 때 돌려줘."

부활동에 들지 않은 그녀가 고작 한 달 만에 어떻게 다른 반 친구까지 만들 수 있었는지 나로서는 이해할 수 없었지만, 그녀는 언제나 많은 이들에게 둘러싸여 있었다.

6월 초에 열리는 체육 대회의 의상 담당에 손을 들어 입후보하고, 쉬는 시간이 되면 무언가 상담하는 경우도 있었다.

나로 말할 것 같으면, 여느 때와 다름없다.

점심시간에는 옥상에서 강을 바라보고, 교실에 있을 때는 교과서를 펼치고 있다. 변화라고 한다면 옥상에서 과자를 먹는 습관이 생겨 버린 것 정도다.

바빠진 후타바 하루카는 아주 가끔 "냐아쨩, 잘 지내?"라며 말을 걸어 올때도 있었으나, 옥상에 오는 일은 없었다.

웬일로 부모님이 일을 빨리 끝내고 돌아와서 셋이서 저녁을 먹었다. 하지만 식탁에서 대화는 거의 없다.

대화가 이어지지 않으니 구태여 이야기를 꺼내려 하는 사람도 없었다.

TV 소리가 조용한 식탁에 울린다. 탤런트의 티 나는 웃음소리도 사회자의 과장된 반응도, 어색함을 얼버무리는 데는 조금 도움이 되고 있었다.

이럴 때 냐아는 재빨리 자기 식사를 끝내고 거실에서 사라진다.

분위기를 파악하는 고양이.

냐아의 능력에 그것도 추가해 두자.

식사를 끝내면 가족들은 제각기 따로 시간을 보낸다. 아빠는 침실에서 TV를 보고, 엄마는 거실에서 무언가를 만들고, 나는 내 방에 틀어박힌다.

엄마가 무얼 하고 있는지는 그때그때 다르기에 정확하게는 파악하고 있지 않다.

전에는 하얀 도자기에 그림을 넣는 포슬린 아트라는 걸 하고 있었고, 그전에는 자수를 하고 있었다. 아마 지금은 양모 펠트가 아닐까. 가끔 현관에 마스코트 같은 것이 놓여 있다.

작품은 어느 것도 아마추어치고는 나름 괜찮은 만듦새였지만, 취미라고 하기에는 그다지 즐거워 보이지는 않았다.

2층에서 공부를 하고 있던 내가 부엌에 마실 걸 가지러 내려가는데 현관에서 소리가 들렸다.

현관문을 향해 얼굴을 내밀자 엄마의 뒷모습이 보였다. 구두의 벨트를 조이고 있는 듯, 현관 문턱에 앉아 몸을 숙이고 있었다.

"나가는 거야?"

엄마의 어깨가 움찔, 들썩였다.

"히지리, 아직 일어나 있었어?"

"아직이라니…… 10시는 자기에 이르지."

"그러네. 하지만 너무 늦지 않도록 해."

"엄마야말로 이런 시간에 나가는 거야?"

"응, 잠깐."

"잠깐이라니?"

구두를 신은 엄마는 현관문에 손을 대며 뒤돌아봤다.

아침에 출근할 때와 마찬가지로, 예쁘게 화장을 하고 있었다.

"잠깐……, 친구가 불러서 말이야."

그때, 엄마의 몸이 반짝반짝하는 빛에 휩싸였다.

—저질러 버렸다.

나는 말을 건 것을 후회하면서 고개를 숙였다.

시간에 쫓기는 것처럼 엄마가 문을 연다.

"그럼 히지리, 문단속 부탁할게. 아빠도 있지만 술을 꽤 마셨으니까."

"……사실은 어딜 가는 건데?"

"뭐?"

나는 고개를 들지 않았다.

하지만 보지 않아도 엄마가 어떤 얼굴을 하고 있는지 알고 있다.

놀란 듯한, 난처한 듯한—당황하고 있다는 표현이 가장 잘 와 닿을지도 모른다.

질문에 대한 대답이 돌아오기 전에 내가 먼저 대화를 끝냈다.

"잘 다녀와."

엄마는 아무 말도 하지 않고 밖으로 나갔다. 탕, 하고 문이 닫혔다.

혼자 남겨진 현관에서 나는 빛의 의미를 알게 된 날의 일을 떠올리고 있었다.

◆ ◆ ◆

나는 좋아하는 사람이 한 거짓말을 알 수 있다.

정확히 말하자면, 좋아하게 된 사람이 거짓말을 하면 나는 그것이 거짓말이라는 것을 알게 된다.

단, 거짓말의 이면에 있는 진실까지는 알 수 없다. 알 수 있는 건 어디까지나 '거짓말을 하고 있다'라는 것뿐이다.

어째서 이런 능력이 있는 건지 나도 모른다. 적어도 부모님은 거짓말을 알 수 있다는 말을 한 적이 없으니까 유전은 아닐 것이다. 태어나서면서부터 그런 건지, 후천적인 건지도 알 수 없다. 다만, 네 살 때 깨달은 걸 보면 아마도 태어나면서부터라고 생각한다.

좋아한다고 해도 연애 감정만 해당하는 것은 아니다. 육친이나 친구에 대한 '좋아한다'라는 감정도 포함된다.

그리고 한층 더 난처해 지는 것은, 한 번 좋아하게 되면 설령 그 상대를 싫어하게 되어도 내게는 계속 거짓말이 보이고 만다는 것이다.

부모님도 그렇고, 어린이집의 요시나 밋쨩도 그렇다.

요시와 밋쨩 모두 중학교까지 함께 올라갔지만, 초등학

교 2학년 그날 이후로 한 번도 말을 섞지 않았다. 그날, 내 머릿속에 흩어져 있던 퍼즐 조각이 끼워 맞춰진 그때부터 나는 좋아하는 사람들로부터 멀어지기로 했다.

초등학교 2학년 어느 겨울날, 학교에서 여느 때처럼 요시랑 게임 이야기를 하고 있었는데 동급생이 교실에 들어오면서 동시에 "엄청난 거 갖고 왔어!"라며 큰 소리로 말했다.

무슨 말을 하는 건지 나는 알 수 없었지만, 반 안에서도 눈치가 빠른 녀석이 흥분한 기색으로 그 녀석에게 뛰어다가갔다.

"설마 그거야?"

"그래. 볼래?"

"볼래, 볼래! 보여줘!"

대화를 들은 다른 남자애들이 일제히 두 사람을 둘러쌌다. 요시도 나랑 같이 그 무리 안으로 들어갔다.

모두의 주목을 받은 남자애가 책가방에서 봉투를 꺼냈다. 소중한 것을 다루듯이 살며시 손가락을 움직여 백 점 만점 답안지보다도 자랑스럽게 모두에게 보여주었다.

"우와—!"

그곳에 있던 남자 전원의 목소리가 겹쳤다.

그 당시 우리들 사이에서 유행했던 카드 게임의 카드였기 때문이다. 그것도 흔히 보는 카드와는 다른, 글자나 그림이 빛나는 카드였다.

게임은 더욱 강력한 카드를 가지고 있는 쪽이 유리해서, 당연히 모두가 갖고 싶어 했다. 하지만 그런 종류의 카드는 손에 넣기 어렵다.

자랑스럽게 과시하는 카드는 레어라고 불리는 것들 중에서도 희귀한 거라서 "짱이다, 이게 진짜구나." "끝내준다." 라며 그 자리에 있던 남자애들 전부 눈이 빛나고 있었다.

"갖고 싶다-."

내가 카드에 얼굴을 가까이 대자 카드의 주인은 메-롱, 하고 손가락으로 입술을 옆으로 쭉 당겼다.

"안 줄 거야. 이건 내가 사촌 형한테서 받은 거라고!"

대학생이 된 사촌 형이 이제 카드 게임은 안 한다며 이 남자애한테 줬다는 모양이다.

나한테도 카드 줄 사람 없으려나, 하고 현 밖에 사는 고등학생 사촌 형을 떠올리며 그저 부럽게 바라볼 뿐이었다.

사건이 일어난 것은 방과 후였다.

학교 앞뜰에 있는 정자에서 우리가 게임을 하려고 했을 때였다.

레어 카드를 가져온 남자애가 자신만만하게 말했다.

"오늘은 꼭 이길 거야."

위세 좋게 모두에게 선언했다. —하지만, 그 자신만만한 태도는 수십 초 뒤에 불안한 표정으로 바뀌었다.

책가방을 뒤지는 얼굴은 서서히 새파래졌고, 초조한 기색은 우리에게도 전해졌다.

"없어?"

"아침에 너희들한테 보여준 다음에 여기에 넣어 뒀는데……."

"다른 데 넣었다든가, 교과서에 끼어 있는 거 아니야?"

머리가 부딪칠 정도로 가까이 다가가 테이블에 펼친 책가방 내용물들을 살폈다.

하지만 몇 번을 확인해도 그 카드만은 보이지 않았다.

"누가 훔친 건가?"

모두 나와 같은 생각을 하고 있었을 것이다. 서로 얼굴을 마주 보며 곧바로 범인 찾기를 시작했다.

이윽고 카드의 주인이 "히리지 아냐?"라며 나를 의심하기 시작했다.

"어째서?"

"네가 내 카드를 갖고 싶어 했으니까 그렇지."

"그건 나 말고도 다른 애들도 갖고 싶어했잖아."

"하지만 히지리 넌 뚫어지게 쳐다보고 있었어."

"난 그저 카드를 가까이서 보고 있었던 것뿐이라고."

우리의 말다툼에 끼어든 것은 요시였다.

요시는 어린이집을 다닐 때부터 알고 지낸 친구로 반 안에서도 가장 사이가 좋았다.

"나 히지리가 청소 끝난 뒤에 이 가방 만지고 있는 거 봤어."

"—뭐?"

요시는 무서운 표정으로 나를 노려보고 있었다. 그리고 온몸이 빛나고 있었다.

"봤다고. 히지리 네가 카드 들고 있었잖아. 훔친 거야."

"훔치지 않았어."

"거짓말하지 마!"

요시가 외쳤다. 하지만 그건 정말로 말도 안 된다. 나는 정말로 카드에도 책가방에도 손을 대지 않았다.

그래서 이때 깨달았다.

거짓말하지 말라는 요시가 거짓말을 하고 있다는 사실

을, 그리고 내가 소중하다고 생각했던 친구의 몸이 반짝반짝 빛나고 있다는 것을.

하나를 깨닫고 나니 과거에 있었던 모든 일이 맞아떨어졌다.

그 후로부터 나는 좋아하게 된 사람에게서 거리를 두게 되었다.

물론 거짓말이 필요한 경우도 있을 수 있다. 네 살 때의 내게 장난감을 못 사게 한 엄마의 거짓말은 필요한 것…… 지금은 임시방편이었다는 사실을 이해하고 있다.

하지만 거짓말에는 때로 악의가 섞여 있다. 그리고 그것은 나를 상처 입힌다.

좋아하는 사람이 내게 하는 거짓말에는 더욱 더 상처받는다.

거짓말을 한 사람은 반짝반짝한 빛에 휩싸인다. 그 반짝거림은 옥상에서 바라보는 강 수면에 반사된 햇빛과 비슷하다.

빛이 내게 거짓말을 알려준다.

나는 좋아하게 된 사람의 거짓말이 보인다.

하지만 좋아하는 사람이 하는 거짓말 따위 보고 싶지 않으니까, 나는 누구도 좋아하지 않겠다고—결심했다.

폭풍과 고양이 강과 너

체육 수업을 끝내고 교실로 돌아가자 여느 때와 낌새가 달랐다. 6교시 수업까지 앞으로 5분도 남지 않았는데, 반 아이들 대부분이 칠판 앞에 모여 있다.

불온한 공기는 눈에 보이지 않아도, 피부가 따끔따끔한 것처럼 전해져 왔다.

"이상하네."

탐정 역할을 맡은 듯한 여자애가 스커트를 흩날리며 방향을 바꿨다. 그러자 남자가 주먹을 쥐고 목소리를 높였다.

"나는 5교시 시작 전에 분명히 여기에 넣었어!"

칠판 옆에 프린트를 넣어 두는 작은 선반이 있다. 그곳을 가리키고 있었다.

"하지만 안에 없는걸. 스모토, 네 성격상 어딘가에 잊고 놔두고 온 거 아니야? 요전에도 네 교과서가 왜인지 신발장 쪽에 있었고."

"그건! 쪽지 시험이 있다는 게 떠올라서 황급히 공부하느라……."

"그렇다고 해서 신발을 신으면서 하지 않아도 되잖아. 게다가 정작 중요한 교과서는 놔두고 갔고."

"그건 짐이 많아서……. 하지만 오늘은 아니야."

부정하는 스모토의 목소리는 약했다.

여자애가 불쑥 앞으로 한 걸음 나아갔다. 키는 압도적으로 여자애가 작은데, 박력은 그에 반비례하고 있었다.

"그러면 어째서 여기 없는 거야? 40장이나 되는 프린트가 단번에 날아갔다는 거야? 귀신이 숨기기라도 했나?"

"내, 내가 어떻게 알아."

"그러니까, 스모토가 어딘가 다른 곳에 놔둔 거 아니냐고 말하고 있는 거야!"

"이제 그만하자, 스모토는 제대로 넣었다고 하잖아."

방금전까지 지켜만 보던 여자애가 중재하려고 나섰다.

"스모토는 언제 선반에 넣었어?"

"그러니까, 5교시가 시작되기 전이야. 키치라쿠 선생님이랑 복도에서 만나서, 다음 수업에 쓸 수학 프린트를 가지고 가라는거야, 나는 체육복 갈아입을 시간도 없는데."

아무래도 스모토가 담임에게 부탁받아 교실까지 옮긴 프린트가 없어진 게 분쟁 원인인 듯하다.

이번에는 다른 남자가 참전했다.

"그러고보니 너 운동장에 늦게 왔었잖아."

"그러니까, 그걸 옮기고 있었기 때문이라니까."

5교시는 체육으로 허들 넘기를 했다.

선반에 프린트가 들어있는지 평소에는 아무도 확인하지 않지만, 넣었다고 주장하는 스모토는 체육이 끝나고 교실로 돌아왔을 때 서랍이 열려 있어서 이상하다고 여겼다고 한다. 그래서 안이 비어 있다는 걸 알아차렸다고 한다.

"그렇다 쳐도 수학 프린트잖아. 지갑 같은 거라면 또 모를까, 누가 그런 걸 훔친다는 거야."

"그야 하고 싶지 않은 녀석이 버렸겠지."

"시험이 가까우니까 말이지. 다른 사람의 점수를 떨어뜨리고 싶은 녀석이 숨겼다거나."

발언한 것은 1학년 때 낙제점투성이라 진급이 아슬아슬했다고 자기소개 시간에 자폭한 남자애다.

탐정 역할 여자애가 민감하게 반응했다.

“잠깐, 자기가 위험하다고 해서 남을 방해하지 마!”

“뭐? 당연히 농담이지! 그 정도는 눈치채라고.”

“네가 말하면 농담 같지 않단 말이야. 작년에 수학 추가 시험 쳐서 간신히 진급한 거잖아.”

“그거랑 이거는 별개지. 나는 남을 길동무로 삼거나 하진 않아.”

“그렇게 말하는 것 치고는 어제 학교 마치니까 시험 전날인데도 친구한테 같이 노래방 가자고 꼬드기는 거 같던데?”

교실의 소란은 복도까지 들리고 있었는지 다른 반 학생이 엿보고 있었다.

평범하게 생각한다면 프린트를 숨겨도 의미는 없다. 분실했다고 사실대로 말하면 선생님의 설교를 조금 듣게 될지도 모르지만, 최종적으로는 다시 받을 수 있다.

하지만 그런 건 이미 다들 알고 있다. 알고 있지만 한번 붙은 불의 기세를 누그러뜨릴 수 있는 사람은 없었다.

“역시 스모토가 잊은 거 아니야? 일부러 숨겼다고는 생각하지 않지만, 촐랑거리니까 옷 갈아입느라 허둥대면서 말이야.”

모두의 시선이 스모토에게 모였다.

“그게 그러니까…….”

분위기에 휩쓸리고 만 것인지 스모토가 우물거렸다.

나는 시계를 봤다. 이제 곧 6교시 시작종이 울린다.

화학 교과서를 준비하고 교실 뒤쪽 문으로 나왔다. 반 아이들은 교실 앞에 모여 있으니까, 뒤쪽을 걷는 나를 신경 쓰는 사람은 없다.

6교시는 실험 수업이라 과학실로 향했다.

복도로 나와도 교실에서는 말다툼하는 소리가 이어지고 있었다.

반 학생 대부분이 늦은 탓에 화학 수업은 5분 정도 설교로 허비됐다. 5분으로 그친 건 발표 된 시험 범위까지 수업이 아직 다 나아가지 못했기 때문이다. 선생님이 2배속으로 실험에 관해 설명하고, 3분 정도 늦게 어떻게든 수업이 끝났다.

교실로 돌아온 스모토가 선반 앞에서 "어라?"하고 목소리를 냈다.

스모토와 같이 있던 남자애가 "설마 프린트가 돌아오기라도 했어?"라고 물었다.

"응, 있어."

"뭐?"

그때 교실에 있던 학생 대부분이 달콤한 꿀에 이끌린 벌처럼 선반 앞에 무리 지어 몰렸다.

"스모토, 이게 어떻게 된 일이야?"

"내가 알겠냐?"

반 전원이 여우에 홀린 듯한 표정을 짓고 있었다. 개중에는 다른 곳을 보고 있었던 거 아냐? 라고 말하는 사람까지 있었다.

물론 그사이에도 나는 평소처럼 내 자리에서 7교시 수학 교과서를 펼쳤다.

노트에 삼각형을 그리고 있자, 머리 위에서 속삭이는 듯한 목소리가 났다.

"프린트. 후지쿠라지?"

후타바 하루카가 옆자리에 앉았다.

나는 그 물음에는 대답하지 않고 삼각형 가운데에 보조선을 긋고 수식을 썼다.

그녀는 멋대로 이야기하기 시작했다.

"6교시가 시작되기 전에 사물함 위에 있었던 종이 뭉치가 지금은 없어. 마침 선반에 들어 있는 수학 프린트 정도 되는 두께였다고 생각하는데."

"기분 탓이겠지."

"아니, 분명히 있었어. 평소에는 저런 곳에 종이 뭉치 같은 건 없으니까, 뭘까? 하는 생각이 들어서 잘 기억하고 있는걸. 과학실로 이동한 건 내가 우리 반에서 맨 마지막이었지만, 그때는 있었어. 하지만 수업이 끝나고 두 번째로 교실에 돌아왔을 때는 이미 사물함 위에는 없었단 말이지. 덧붙여서 가장 먼저 교실에 돌아와 있었던 건—."

짤깍짤깍, 하고 샤프심을 꺼냈다. 하지만 곧바로 집어넣었다. 도저히 공부가 되지 않는다.

나는 옆을 쳐다봤다.

"그 추리가 옳다고 생각한다면 모두한테 가서 알려주지 그래? 그게 아니면, 자신 없어?"

"아니, 후지쿠라가 프린트를 선반에 되돌려놨다는 건 확신해. 하지만 모두에게 말하면 후지쿠라가 난처해지잖아? 질문 공세를 받거나 소란스러워질 테니까."

내가 어떻게 대답해야 할지 고민하고 있자, 후타바 하루카는 입술에 검지를 가져다 대서 세웠다.

"소란스러워지는 게 싫으니까 프린트를 살짝 되돌려 놓은 거지?"

내게 은혜를 입히려는 생각은 아니겠지만, 대화의 주도

권이 그녀에게 있는 건 마음에 들지 않았다.

"요전에 내가 후타바, 너에게 탐정이나 경찰관을 권했었는데 다시 한번 생각해보는 게 좋을지도 모르겠다. 그 추리는 틀렸을 가능성이 있어."

"뭔데?"

"가장 먼저 발견한 사람이 실은 범인일 가능성. 추리물에는 꽤 있지 않을까."

"그건 창작이잖아. 이번 경우와는 달라."

후타바 하루카의 부정은 빨랐다.

"어째서 그렇게 생각해?"

"그건 말이야……."

그녀가 얼굴을 가까이 댔다. 두근거렸다.

그걸 꿰뚫어 본 건 아닐거라 생각하지만, 그녀는 싱긋 웃었다.

"후지쿠라가 그런 짓—, 모두가 곤란해 할 짓을 할 리 없다고 생각하니까."

"네가 나에 대해 뭘 안다는 거야?"

"냐아쨩을 끔찍이 아끼고 있어."

"아니……."

그 넉살 좋은 냐아를 끔찍이 아낀다는 말을 들으면, 아무리 그래도 부정하고 싶다.

"냐아는 어쨌건…… 겨우 그걸로 나를 믿는다고?"

"난 기본적으로 남을 믿는 편이니까."

"사람이 좋은 데도 정도가 있어. 지금도 내가 거짓말을 하고 있을지도 모르는데."

"후지쿠라는 거짓말을 하지 않아."

"그거야말로 네가 나에 대해 뭘 안다고 하는 말이야?"

"그러게, 냐아짱 말고는 그렇게 많이는 모르려나. 하지만 후지쿠라가 처음에 날 구해줬을 때 스스로 말했잖아. 나는 거짓말 같은 건 하지 않아, 라고."

확실히 말했지만 그걸 믿는 건 이상하다. 만약 진심으로 그렇게 생각하고 있다면, 사람이 좋다는 수준을 넘어 머릿속이 꽃밭인 게 아닐까 하고 걱정된다.

"거짓말을 하지 않는다고 말하는 사람이 있다면, 그 사람이야말로 거짓말쟁이일 거라 나는 생각해."

"그럼, 후지쿠라는 거짓말쟁이야?"

내가 대답하지 못하고 있자 후타바 하루카는 한 방 먹였다는 듯이 입가를 치켜세워 미소 지었다. 하지만 곧바로 "실제로는 그럴 법도 해."라고 말했다.

"나도 거짓말은 싫어. 친구에게 배신당하거나 상대가

내게 거짓말한 적도 있으니까. 후지쿠라가 하고 싶은 말은 이해가 돼."

"그러면 어째서 날 믿는 거야?"

"의심하는 것보다 믿는 편이 나쁜 기분이 들지 않으니까."

"되려 믿었다가 배신당하는 게 불쾌하지 않을까?"

"누군가의 탓으로 돌려서 원망하는 것보다는 훨씬 나아."

"그랬다가 계속 거짓말을 듣게 되더라도?"

"응."

그녀의 눈동자는 푸른 하늘처럼 맑아서, 나는 나 자신이 추하게 느껴졌다.

나는 눈을 돌리고 싶어서 교과서의 글자를 쫓는 시늉을 했다.

어떻게 하면 그런 식으로 생각할 수 있는 거지.

나중에 사기나 다단계에 속는 거 아닐까?

그래도 자기 탓이라고 단언할 수 있어?

다만, 후타바 하루카라면 단언할지도 모르겠다고 생각했다. 나는 아직 그녀에 대해 잘 모르지만, 왠지 모르게 그런 느낌이 들었다.

"나 탐정이나 경찰관이 적성에 맞을까?"

"무리일걸. 경찰관은 남을 의심하는 게 일이야."

"뭐어-? 안 돼? 후지쿠라가 탐정이나 경찰관이 맞을 것 같다고 하니까 조금 의욕이 생겼었는데."

투덜거리는 그녀는 역시 진로 희망 조사서는 바꾸지 말고 그대로 둘까, 라며 작게 중얼거리고 있었다.

전에 했던 말은 취소다. 그녀에게 경찰관은 어울리지 않는다. 나쁜 사람에게 속아 넘어가는 미래밖에 보이지 않는다.

그렇긴 해도 이번 추리는 정답이었다.

6교시 수업이 끝나고, 나는 누구보다 빨리 교실로 돌아와 프린트를 선반에 되돌려 놓았다. 어째서 사물함 위에 있었는지는 나도 모른다. 스모토가 깜박 놔두고 잊은 건지, 아니면 누군가가 장난을 친 건지.

경찰관도 탐정도 될 생각이 없는 나의 추리는 누군가의 장난쯤으로 끝을 맺었고, 솔직히 그런 것에 별로 흥미가 없었다.

어쨌든 이 이상 소란이 계속되면 시끄러워서 참을 수 없으니까 선반에 되돌려 놓았다.

"사건 해결은 멋지지만, 실험 수업 뒷정리를 빼먹으면 안되지. 나는 제대로 뒷정리하고서 교실로 돌아왔는걸, 복도에서는 뛰어 버렸지만."

그녀가 냐아처럼 혀를 쏙 내미는 그런 모습이 눈에 떠올랐다.

하지만 교과서에서 고개를 들지 않은 나는 그것을 확인할 수 없었다.

평소라면 고양이 사료 캔을 여는 소리에 어디선가 나타날 터인 냐아가 오늘은 모습을 보이지 않는다. 나는 찬장에서 넓적한 캔을 꺼내 커다란 김을 한 장 꺼냈다.

"냐아, 밥이야. 김도 있어."

불러도 오지 않는다.

장난이라도 치고 있는 걸까. 요전에도 막 개봉한 갑티슈를 전부 뽑아내서, 방에 눈이라도 쌓인 건가 싶을 정도로 새하얗게 변해 있었다. 그전에는 두루마리 휴지와 격투를 벌여 마찬가지로 화장실을 휴짓조각 투성이로 만들어 놨었다. 그전에는 조금 올이 풀려 있던 쿠션 안의 솜을 꺼내고……, 또 그전에는 다다미방의 맹장지를 찢어 놓고…….

"이번에는 뭘 하고 있는 거지?"

고양이 나이는 아홉 살이라도 사람 나이로 치면 쉰에 가까우니까 조금은 얌전해지면 좋을 텐데, 라고 생각들지만 냐아는 어릴 적과 달라진 게 없다.

나는 집 안을 돌아다녔다.

거실, 다다미방, 현관, 화장실. 하지만 어디도 어질러진 기척은 없었다.

2층의 내 방도, 부모님의 침실도 봤지만 역시나 냐아의 모습은 없었다.

"냐아–, 밥 먹자."

아무리 불러도 집 안은 쥐 죽은 듯 조용했다.

이상하다. 지금까지 이런 적은 없었다. 나는 아직 확인하지 않은 탈의실로 향했다.

욕실 문이 조금 열려 있었다. 분명 또 너무 많이 마셔서 전날 밤에 씻지 못한 아빠가 아침에 샤워를 한 거겠지. 습기로 탈의실이 끈적끈적해지니까 문은 제대로 닫으라고 엄마한테 몇 번이나 주의를 받는데도 습관은 고쳐지지 않는 모양이다.

문을 밀자 시원한 바람이 훅 흘러들어왔다.

평소에는 닫혀 있는 욕실 창문이 10cm 정도 열려 있다.

한순간 사고가 정지했다. 하지만 곧바로 신발을 아무렇게나 신고 집을 뛰쳐나갔다.

평소에 늘 집에 있는 냐아라서 갈 만한 곳이 짐작되지 않는다. 일단 집 주변을 찾아봤다.

"냐아—! 어디 있어?"

귀를 기울여도 대답하는 목소리는 들리지 않는다.

단순한 호기심에 잠깐 바깥세상 좀 구경 하고 왔어.

그런 얼굴로 돌아오기를 기대했지만, 냐아는 모습을 드러내지 않는다.

혹시 나랑 같이 있는 게 싫어진 걸까. 집 안에 있는 게 답답하게 느껴진 것일까.

냐아는 흥미 없는 척하면서도 내가 이야기하는 동안은 옆에 있어 줬는데, 사실은 계속 도망치고 싶었던 걸까.

나는 냐아에 대해 알고 있는 것 같으면서도 모른다. 벌써 몇 년이나 함께 있었으면서 바깥에 나갈 때는 자동차나 이동장에 넣고 다녔으니, 냐아가 갈 만한 곳을 짐작할 수도 없었다.

냐아와 대화를 할 수 있었더라면, 하고 생각했다.

하지만 냐아와 이야기를 할 수 있었다면 분명 나는 냐아와 함께 있을 수 없다.

나는 달렸다. 있는 힘껏 다리를 움직였다.

"냐아—!"

달리면서 냐아를 부르자 길을 지나는 사람들이 나를 기이한 눈으로 본다. 하지만 그런 건 개의치 않았다.

공원이나 바다 쪽에도 갔다. 역이나 번화가에도 갔다.

하지만 고양이가 숨을 수 있는 장소는 무수하게 많다. 목소리가 전달되지 않는 곳도, 눈이 닿지 않는 틈새도, 너무나도 많았다.

결국, 아무리 찾아도 발견하지 못했다.

혹시 돌아오지는 않았을까 하고 집으로 돌아왔다. 현관문 앞에서 '늦었군.'하는 표정으로 기다리고 있는 게 아닐까 기대했다.

하지만 역시나 냐아는 없었다.

나는 냐아가 있을 곳을 생각하면서 현관 앞에 앉았다.

"어디로 간 걸까……."

냐아는 밖에 나가면 어떤 행동을 할까.

흥미를 끄는 것을 발견하면 뒤도 돌아보지 않고 달려갈까. 그리고 차에—.

상상했더니 깊은 구멍으로 떨어지는 것처럼 어두운 생각에 사로잡힌다.

전화 소리가 났다. 내 스마트폰이 아니라 집 안에서 들려왔다.

집 전화가 울리는 일은 좀처럼 없다. 설마…….

나는 서둘러 잠긴 현관문을 열고 거실로 달려갔다.

빨리 받지 않으면 끊긴다. 신호음이 일곱 번째 울렸을 때, 나는 수화기를 들어 올렸다.

"여보세요!"

"저…… 저기……."

전화에서는 곤혹스러워하는 듯한 목소리가 들려왔다.

나는 한 번 심호흡을 했다.

"네, 후지쿠라입니다."

"아, 역시 후지쿠라야? 나야, ……후타바 하루카."

"—어?"

한순간 머릿속이 새하얘졌다.

어째서 그녀가 내게 전화를?

어떻게 우리 집 전화번호를 알고 있지?

할 말을 찾지 못하고 있자, 그녀가 당황한 기색으로 말하기 시작했다.

"혹시, 후지쿠라 히지리가 아니었나요? 죄송합니다. 저, 히지리랑 같은 반인—"

전화 너머에서 초조해하는 후타바 하루카의 모습이 눈에 떠올랐다.

그게 웃겨서, 나는 웃음을 터뜨리고 말았다.

"미안, 나 맞아. 무슨 일이야?"

"어? 아, 역시 후지쿠라구나. 지금 괜찮아? 바쁜 것 같은데, 타이밍 안 좋았어?"

나빴다고 하면 나빴지만, 이 이상 어딜 어떻게 찾으면 좋을지 알 수 없는 나는 괜찮아, 라고 대답했다.

"저기 말이야. 실은 냐아짱을 맡고 있는데."

"뭐?"

"맡고 있다고 할까, 지금 내가 안고 있어. 엄청 얌전히 있는걸."

"……어째서 그렇게 된 거야?"

냐아가 없어진 것도, 후타바 하루카에게서 전화가 온 것도 놀랐지만, 냐아가 그녀에게 안겨 있다는 것이 더욱 놀라웠다.

"그래서 말인데 지금 후지쿠라네 집으로 가고 있는데 이 뒤에 외출할 예정은 없어?"

"없는데…… 우리 집으로 오고 있다고?"

"미즈노 씨가 주소 알려줬으니까, 그럼 지금 갈게!"

아무래도 그녀는 전화를 하면서 걷고 있었던 모양이다. 하지만 문제는 그게 아니라, 이사 온 지 아직 한 달 밖에 안 된 그녀가 주소를 의지해서—게다가 전학 첫날에 미아가 되었다는 사실을 떠올리자, 복잡하게 얽힌 길을 지나 우리 집에 도착할 거라고는 전혀 상상조차 되지 않았다.

"잠깐 기다려! 전화 끊지 마!"

후타바 하루카와 있으면 내 페이스를 유지할 수가 없다. 본의는 아니지만 인정할 수밖에 없다.

미아가 되어 지각하고, 4월의 차가운 강물에 들어가는가 하면, 마치 탐정이나 된 듯이 내 위치를 알아내거나 행동을 꿰뚫어 보는 등.

위태로움과 예리함의 밸런스가 내 상상을 뛰어넘고 있었다.

"지금 자신이 어딜 걷고 있는지 알아?"

응? 하고 목소리가 나는가 싶더니, 수화기 저편에서 침묵이 흘렀다.

이번에는 위태로운 쪽이다.

나는 한숨을 내쉬었다.

"그 근처에 눈에 띄는 가게나 건물은 없어?"

미즈노 씨의 애완동물 가게에서 우리 집을 향하면서, 어느 길을 지나야 이 편의점에 도착할 수 있는 걸까. 그걸 생각하니 내 머릿속이 더 미아가 될 것만 같았다.

편의점 앞에는 후타바 하루카가 기다리다 지친 것처럼 쪼그려 앉아 있었다.

"고마워. 덕분에 냐아를 찾을 수 있었어."

"아냐, 신경 쓰지 마. 나도 냐아짱이랑 놀 수 있어서 즐거웠어. 그보다 내가 전화할 때까지 계속 찾고 있었던 거야?"

"응."

"미안해. 몇 번인가 전화를 걸었는데 부재중이었으니까. ……휴대폰 번호, 모르잖아."

"아아……."

반의 어느 누구와도 연락처를 교환하지 않은 나의 번호를 아는 것은 불가능하다. 미즈노 씨 가게에 등록한 번호는 초등학생 시절이라 집 전화번호이다. 수고를 끼쳤으니 사과를 하자, 후타바 하루카는 품속의 냐아를 쓰다듬었다.

"냐아짱, 엄청 얌전했어."

지금의 냐아를 형용하자면 빌려온 고양이마냥 얌전히 있는 것이거나, 내숭을 떨고 있거나 둘 중 하나다.

그 증거로 내 낌새를 힐끔힐끔 살피면서 그녀의 품속에

있었다.

"자, 주인님이 있는 곳으로 돌아가렴."

그녀가 나에게 냐아를 건넸다.

좀 더 저항할 거라고 생각했는데, 선뜻 내 품속으로 들어왔다.

"냐아—."

늦어, 라고 말하고 있는 걸까. 그게 아니면 조금 더 늦게 와도 괜찮았어, 인가.

얌전히 내게 안긴다는 건 슬슬 돌아가고 싶은 걸지도 모른다.

처음으로 알게 된 세계는 어땠어?

정말로 냐아와 대화할 수 있다면 물어보고 싶다.

하지만 정말로 물을 수 있다면, 나는 무서워서 질문할 수 없을 것이다.

"오늘은 정말로 고마워."

"아냐, 그건 괜찮은데…… 하지만 또 이런 일이 생길 경우를 대비해서 아이디 알려줄 수 없을까?"

"아이디?"

"응, 친구 등록하자. 그렇게 하면 오늘 같은 날에도 곧바로 연락할 수 있잖아."

휴대폰은 가지고 있다. 고등학교에 입학했을 때 받은 스마트폰이니 신형까지는 아니어도, 평범하게 사용할 수 있다. 다만…….

내가 스마트폰을 꺼내 화면을 보여주자 후타바 하루카는 눈이 휘둥그레졌다.

화면에 녹색과 흰색으로 꾸며진 아이콘*이 없었기 때문이다.

"메신저 앱 안 깔았어?"

"안 깔았어."

"어째서?"

"필요 없으니까."

아아, 하고 입 밖으로 내어 말하지 않은 것은 예리한 쪽의 그녀다. 같은 교실에 있으면 내가 학교에서 어떤 포지션에 있는지 명백히 알 수 있다.

"그럼, 필요하면 깔아 줄 거야?"

필요한 걸까.

냐아가 또다시 사라질 가능성도, 바깥에 나간 냐아를 그녀가 발견할 가능성도 한없이 낮다. 그러니 필요가 있는가 라고 한다면, 없다고 생각한다. 하지만…….

* 일본에서는 네이버가 만든 메신저 앱 'LINE' 이 주로 쓰인다.

"억지로 강요할 생각은 없으니까, 싫다면 거절해 줘."

"싫은…… 건 아니지만, 나는 답변 같은 거 곧바로 안 할지도 몰라."

"그건 신경 쓰지 마. 오늘처럼 긴급할 때 쓸 수 있으면 되니까."

"냐아—."

냐아까지 해, 라고 말하고 있는 것 같다.

원인인 이 녀석한테 그런 말을 들으니 어쩐지 열 받는다.

후타바 하루카가 고개를 갸웃거렸다.

"냐아짱도 등록해 줘-, 라고 말하고 있어."

냐아는 그렇게 귀엽게 말하지 않아.

그녀가 냐아의 목을 어루만지자 갸르릉, 하는 소리를 내며 눈을 가늘게 떴다.

누군가와 이어지는 건 성가시다. 이어지는 시간이 늘어나면, 그 사람에 대해 많이 알게 되어 버리니까.

하지만 나는 그녀에게 스마트폰을 내밀었다.

나는 냐아에게 약했다.

긴급할 때 쓸 수 있으면 되니까.

뒤집어 말하면 평소에는 쓰지 않을 거라 생각하고 있었다. 하지만 후타바 하루카는 매일 같이 나에게 메시지를 보냈다. 보낸다고 해도 린노스케의 사진과, 그에 대한 한 줄 코멘트다.

'섹시 샷', '빠릿!', '밥 주세요-' 등, 확실히 말해 시답잖은 것들뿐이었다.

그래서 나는 처음에는 답장을 하지 않았고, 그녀도 그것을 요구하지는 않았다.

하지만 매일 그런 사진을 보고 있으면 질 수 없다는 느낌이 들어 어느샌가 나도 보내고 있었다. 물론 '기상', '배고픔', '활동 중' 등과 같은 냐아의 사진이다.

그러자 어째서인지 그녀가 같은 사진에 '잠에서 덜 깬 눈', '주인님께 조르기', '오늘은 장난치기 좋은 날♡' 등으로 코멘트를 변경해서 답장을 보냈다.

내 코멘트에 수정을 가하면서도 냐아를 언제나 귀여워해 주었고, 학교에서는 나와 그녀의 거리가 변하지 않아 부담 되지 않았다.

그래도 변한 것도 있다.

고양이 사진이 오가게 되고 나서부터, 그녀는 나를 '히지리'라고 부르게 되었다. 그것도 처음에는 내가 알아차리지 못할 정도로 자연스럽게. 여자애는 역시 이름으로 부르는 벽이 낮은 모양이다.

하지만 나는 그녀를 이름으로 부르지 않았고, 내 쪽에서 먼저 연락하는 일도 없었다.

등교할 때는 쾌청했던 하늘이 점심시간 전에 양동이를 뒤집은 것처럼 비가 쏟아지기 시작했다. 담임 선생님 말에 따르면 백 년에 한 번 있을 강우량이라는 듯해, 시내에 호우 · 폭풍 경보가 발령되자 학교는 갑자기 어수선해지기 시작했다.

선생님들이 분주하게 돌아다니자, 학생들도 소란스러웠다. 안 되는 걸 알면서도 내 가슴은 두근두근 거렸다.

그 기대대로, 6교시부터는 휴교하게 되어 우리는 일찍 집으로 돌아가게 되었다.

운행이 중단된 전철도 있는 모양이라 다른 귀가 방법을 모색하는 사람이나, 아직 간신히 움직이고 있는 노선을 타는 사람들은 앞다투어 역으로 향했다.

걸어서 통학하는 나는 허둥댈 필요가 없다. 반에서 가장 늦게 교실을 나왔다. 아무리 그래도 오늘 같은 날씨라면 옥상에는 갈 수 없다.

로비에는 이미 학생들의 모습은 거의 없었고, 느긋하게 있는 건 나처럼 집이 가깝거나 마중 오는 차를 기다리고 있는 사람뿐—이라고 생각했더니, 후타바 하루카가 있었다.

"어라? 히지리, 늦게 나왔네."

"남 말할 처지가 아닌 거 같은데. 우산이 없는…… 건 아닌 모양이네."

그녀의 오른손에는 체크무늬 우산이 쥐어져 있다. 하지만 심각한 표정으로 유리 너머 바깥을 보고 있었다.

"아직 안 가? 오늘은 빨리 돌아가는 편이 좋아."

"그렇긴 한데 집 열쇠를 깜박 잊고 와버렸어, 덧붙여서 지갑도…… 그래서 어떻게 하지 싶어서."

학교는 앞으로 30분 후면 완전 하교 시간이다. 단, 부모님의 마중이 늦어지는 사람은 선생님에게 말하면 아직 학교에 남을 수 있다.

그걸 그녀에게 말하자 풀썩, 떨구다시피 고개를 숙였다.

"아빠는 출장 중이라 돌아오는 건 모레. 엄마한테는 조금 전에 전화해봤는데 일 때문에 밤까지는 돌아오기 힘들 것 같대."

"이런 날씨인데, 어떻게 안 돼?"

"이런 날씨라서 근무 교대해 줄 사람도 좀처럼 못 올지도 모른다면서…… 요양보호사 일을 하시거든. 요양원에 들어와 계시는 분이 있으니까 모른 척하고 두고 돌아갈 수는 없대."

"친구는?"

"다들 집이 멀어서 곧바로 돌아갔어. 전철이 멈출 것 같으니까."

난처해하는 그 모습을 보면 아무리 그래도 먼저 돌아가기 힘들다.

"거기, 너희들! 왜 아직도 남아 있어? 전철이냐? 지금이라면 아직 난토선과 핫카이선도 움직이고 있다."

우리 사이에 끼어든 것은 체육 선생님이었다. 근성 지상주의인 축구부 고문 선생님은 목소리가 몹시 커서, 학생 말을 제대로 들어주지 않는다는 건 줄곧 수업을 들어왔기 때문에 잘 알고 있다.

"저, 저기……."

후타바 하루카가 잔뜩 긴장한 표정을 짓고 있었다.

“부모님 마중 기다리는 거냐?”

“아뇨…….”

“통학은 걸어서 해?”

“네.”

“그러면 빨리 집으로 돌아가라! 일기예보에서는 이제부터 비랑 바람도 한층 거세진다더구나. 후지쿠라도 집은 가깝지?”

대답하는 것도 아니꼬워서 나는 작게 고개만을 끄덕였다. 체육 선생님도 내 반항심을 알아차린 모양인지 “그러면 얼른 둘이서 돌아가!”라며 한층 거칠게 말했다.

“하지만…….”

그녀는 황급히 이유를 말하려 했다. 하지만 그런 건 쓸데없는 노력이었다.

“집에 가서 공부해라. 지금 학교에 남아도 되는 건 부모님 마중을 기다리는 학생뿐이니까 말이다.”

“후타바, 가자.”

아직 무언가 말을 하려는 그녀의 팔을 붙잡고 나는 밖으로 나왔다.

바깥은 눈을 뜨는 것조차 힘들 정도로 바람이 거세졌다. 이래서는 우산도 도움이 될 것 같지 않았다.

"후타바만 괜찮다면 말인데…… 올래?"

"어디에?"

"우리 집."

"히지리네 집?"

"응, 우리 집도 부모님이 돌아오시는 건 늦지만……. 아니면 그냥 돈을 빌려줄까? 그렇게 많이 가지고 있지는 않은데 패밀리 레스토랑이나 패스트푸드 가게에서 시간을 때울 정도라면 있으니까."

내가 가방에서 지갑을 꺼내자 후타바 하루카의 표정이 밝아졌다.

"그러면 히지리네 집에 가고 싶어!"

"돈이라면 신경 쓰지 않아도 돼. 별로 큰돈도 아니고."

"아냐, 냐아쨩을 만나고 싶어. 요즘 사진밖에 못 봤고, 아니면…… 민폐려나?"

오라고 해 놓고서, 민폐라고 말할 수 없었다.

게다가 정말로 민폐라면 말을 걸지 않았을 것이다. 다만 —곤혹스럽기는 하다.

집에 도착하니, 아침에 잠갔을 터인 현관문이 잠겨 있지 않았다.

잠그는 걸 잊었나? 아니 그럴 리 없는데, 하고 부인해 봤으나 매일 아침의 일상적인 행동을 떠올려 내기란 무리다.

불안을 품은 채 문을 당겼다. 현관에는 흠뻑 젖은 우산과 검은 구두가 있었다.

어째서 이런 날에…… 그렇게 생각하고 있는데, 거실문이 열리고 엄마가 얼굴을 내밀었다.

"히지리, 빨리 왔—누구니?"

엄마의 시선이 나를 지나쳐 그녀를 향했다.

"같은 반의 후타바."

"갑자기 실례해서 죄송합니다. 후타바 하루카라고 합니다. 집 열쇠를 깜박 잊고 왔는데 부모님이 일 때문에 곧바로 돌아오시는 게 어려워서……."

"주의보가 내려서 학교가 빨리 끝났어."

엄마는 놀란 표정을 감추지 않았지만, 곧바로 생글생글 웃는 표정으로 대응했다.

"그거 큰일이구나. 우리는 괜찮단다. 사양 말고 올라오렴. 아 참, 지금 수건 가지고 올게. 오늘 같은 날은 우산도 소용없었지?"

아마도 엄마는 오해하고 있다. 심하게 오해하고 있다.

평소보다 높은 점잖은 목소리와 차분하지 못하게 슬리퍼 끄는 소리를 내는 모습을 보고 있으면, 무슨 생각을 하고 있는지 정도는 나도 알 수 있었다.

나는 수건을 받아 들고 도망치다시피 2층 방으로 올라갔다. 그녀도 망설이면서 뒤를 따라왔다.

다다미 여섯 장* 정도 넓이의 내 방에는 침대와 책상, 나머지는 책장, 그리고 작은 테이블이 있지만 소파까지 둘 공간은 없었다. 넓이로는 다다미 세 장 정도 크기의 붙박이 옷장이 있어서 옷은 그곳에 넣어 두고 있다.

딱히 깔끔한 걸 좋아하는 건 아니지만, 어질러져 있는 것도 아니니까 갑작스러운 손님에도 허둥댈 일은 없었다.

문을 닫고 마룻바닥 위에 쿠션을 둔 뒤 그녀를 재촉했다.

"미안, 엄마가 와 있을 거라고는 생각 못했어."

"아냐, 이 날씨인걸. 빨리 퇴근하는 회사도 있지 않겠어? 오히려 나야말로 미안해. 패밀리 레스토랑에 갈 걸 그랬네."

"내가 오라고 한 거야. 후타바가 신경 쓸 일이 아니야."

"아냐, 애초에 내가 열쇠를 깜박한 게 잘못이니까, 내

---

* 약 3평

책임이야."

누구 잘못인지를 따지기 시작하면 끝이 없다. 처음부터 내가 돈을 빌려주겠다고 말했으면 됐을 이야기고, 좀 더 나아가자면 날씨가 잘못 한 거다. 이런 악천후가 되기 전에 휴교하지 않았던 게 잘못이다. 이야기를 듣지 않고 학교에서 쫓아낸 교사가 나쁘다. 잘못을 찾는다고 한다면 얼마든지 찾을 수 있었다.

똑똑, 하고 내 방에 노크 소리가 울린다. 대답하기 전에 문이 열렸다.

"히지리, 차 가져왔어."

쟁반 위에는 김이 나는 홍차와 피낭시에가 있었다. 이런 과자가 집에 있었나 싶었지만 입 밖으로는 내지 않았다. 쟁반을 받아 들고 내가 문을 닫으려 하자 엄마가 "요전에 너한테 빌려준 책, 혹시 다 읽었니?"라고 물었다.

내가 엄마에게서 책을 빌리는 건 그리 드문 일은 아니다. 독서가까지는 아니지만 인기 있는 책에는 일단 손을 대는 편이라 엄마의 책장은 그럭저럭 충실하다.

하지만 평소라면 나를 그냥 내버려 두었을텐데, 유독 이럴 때만 말을 건 것에 짜증이 났다.

"……지금 필요해?"

"시간이 생겼으니 읽을까 해서."

"시간 때울 거면 다른 것도 있잖아."

내 목소리가 생각했던 것보다도 낮아서 나 스스로도 깜짝 놀랐다.

하지만 엄마는 동요하는 기색 없이, 문 앞에서 움직이지 않았다.

"녹색 표지인데."

—어째서 지금이냐고!

나는 책상 위에서 책을 집어들고 다시 문으로 돌아갔다.

"이거면 됐지."

냅다 던지듯이 책을 건네고 기세에 맡겨 문을 닫았다.

자신의 성난 목소리가 몸 안에서 반향(反響)하고 있는 것인지, 전신이 떨렸다.

"괜찮아?"

후타바 하루카가 걱정스러운 듯이 나를 보고 있다.

머리의 혈액이 단숨에 발 쪽으로 내려갔다. 창피해서 그녀의 얼굴을 볼 수 없었다.

"……미안. 이상한 모습 보여서."

"아냐. 그건 괜찮지만…… 나, 돌아갈까?"

"신경 쓰지 마…… 아니, 이런 모습을 보면 신경 쓰이겠지만. 그래도 정말로 신경 쓰지 마. 후타바 탓이 아니니까."

나도 마룻바닥에 앉았다. 홍차를 입에 머금는다. 델 것처럼 뜨겁다. 내가 혀를 내밀자 후타바 하루카는 "고양이 혀*?"라고 말하며 작게 미소 지었다.

그것만으로도 분위기가 조금 누그러졌다.

"냐아를 기르고 있으니까."

"이유가 안 돼."

"하지만 주인을 닮는다고 하잖아."

"주종관계가 반대잖아."

그녀가 소리 내어 웃었다. 그 웃음은 어딘가 부자연스러워서 그녀가 신경을 쓰고 있다는 것이 전해져 왔다.

"부모님과 다투는 일은 나도 있지만, 지금 건 조금 어머니가 불쌍하지 않아?"

대답할 수 없었다.

내 경우, 그녀가 납득할 수 있도록 설명하는 건 어렵다. 누군가를 이해시키는 것은 쉬운 일이 아니다.

"어머니랑 사이 안 좋아?"

"사이가 안 좋다……는 것과는 조금 다르다고 생각해.

* 뜨거운 것을 잘 못 먹는 체질을 가리키는 일본의 관용구

애초에 그렇게 많이 이야기 나누는 것도 아니고."

"아버지하고도 이야기 안 해?"

"안 해."

"어째서?"

"특별히 이야기하고 싶은 게 없으니까, 라고 해야하나. 물론 필요가 있을 때는 이야기하지만."

"남자는 다 그래?"

"다른 집이 어떤지는 나는 몰라. 후타바네는?"

"우리 집은 가족끼리 자주 이야기해. 가장 많이 말하는 건 나…… 으음- 엄마려나. 아빠는 그걸 싱글벙글 웃는 얼굴로 들어 줘."

"좋네. 나도 그런 가정을 동경했던 적은 있어."

"지금은 그렇게 생각하지 않아?"

"응. 남이랑 이야기하는 건 피곤하니까."

그녀의 표정이 슥 흐려졌다.

그걸 보고, 해서는 안 되는 말이었다는 걸 깨달았다.

초등학생 무렵부터 남들을 피해 왔기에 나는 분위기를 파악하는 게 서투르다. 파악할 필요 따위 없었다.

이럴 때는 어떻게 하면 좋지?

비바람이 여전히 거칠게 몰아치고 있어서, 도망칠 곳이

없는 우리 안에 있는 것 같았다.

"냐아—."

문 너머에서 소리가 났다.

이때만큼은 냐아를 대단하다고 생각했다. 분위기를 파악하는 고양이라며 존경의 마음을 품지 않을 수 없었다.

문을 열자 냐아는 나를 거들떠보지도 않고, 후타바 하루카에게 다가갔다. 그곳이 원래 자리인 것처럼 주저하지 않고 그녀의 무릎 위에 올라갔다.

냐아의 표정이 우쭐해진 것처럼 보였다. 너는 못 하지? 라고 말하고 있는 것 같아서 조금 짜증이 났다.

하지만 덕분에 살았다. 무거운 분위기가 한순간에 변했다. 그녀가 미소를 지었다.

"오랜만이야– 냐아짱. 오늘도 귀엽네. 매일 귀여운 사진 보내줘서 고마워."

"냐아—."

"다음에 우리 집에도 놀러와. 우리 집에는 린노스케라는 고양이가 있어. 냐아짱이랑 만나고 싶어 해."

"냐아도 알고 있어. 사진 보여줬으니까."

"그래? 나도 참, 똑같은 행동 했네."

후타바 하루카가 소리 내어 웃는다.

냐아도 나와 있을 때와는 다른 고양이 표정을 짓고 있다. 너, 어느 집 고양이야?

내가 김을 가지고 오자 달려들며 먹기 시작한 냐아를, 그녀는 흥미로운 듯이 바라보고 있었다.

"정말로 먹는구나. 나 히지리한테서 듣고 린노스케한테도 김을 줘 봤는데, 고개를 홱 돌리더라."

"고양이가 좋아하는 음식치고는 유별나니까."

"응, 김을 좋아하는 고양이는 처음 봤어. 린노스케는 참치회를 좋아해."

"그건 보통 다 좋아하지."

"그치 그치. 그밖에도 말린 멸치나 카츠오부시를 좋아하니까, 엄마는 개성 없는 남자라고 부르고 있어."

다소 과장된 어조로 내가 웃음을 터뜨리자 정신없이 김을 먹고 있던 냐아가 고개를 들었다.

김에 몰두해서 먹은 사실이 창피했는지 냐아는 꼼지락꼼지락하며 쑥스럽다는 듯이 앞발로 얼굴을 닦았다.

"내 앞에 있을 때랑은 상당히 태도가 다른데."

녹갈색 눈동자가 두리번거리며 나를 향한다. 쓸데없는 말 하지 마, 인 듯하다.

"히지리도 교실에 있을 때랑 냐아쨩이랑 있을 때의 태

도가 완전히 달라."

"그야 상대는 냐아니까."

"마음을 허락하고 있다는 느낌?"

"뭐……."

"무척 좋아하는구나."

"그런 식의 표현은……."

"쑥스러워?"

"글쎄."

쑥스럽다—는 면이 없는 건 아니지만, 그 이상으로 '무척 좋아한다'와는 다르다고 생각한다.

확실히 냐아는 좋아하고 소중하다. 하지만 그것은 냐아가 거짓말을 해도 알 수 없다는 편안함이 있기 때문이다.

알 수 없으니까, 냐아한테는 본심을 말할 수 있다. 아무리 좋아하게 되어도, 배신당한다고 할지라도, 결국 냐아의 거짓말은 내게는 보이지 않는다.

우연히 만난 게 냐아고, 어쩌면 나는 뱀이든 개구리든 상관없었던 것일지도 모른다고 생각했다.

"히지리, 이거 써도 돼?"

후타바 하루카가 방 한구석에 놓여 있던 플라스틱제 강아지풀을 손에 쥐었다.

냐아는 입 주위에 김이 묻은 채 기대를 품은 눈이 그녀에게 향하고 있었다.

"써도 돼."

내 목소리를 시작 신호로, 강아지풀이 움직이기 시작한다. 그녀가 움직이는 속도나 타이밍이 절묘한 것인지 냐아는 무척 기분 좋아 보이는 표정으로 놀고 있다.

"평소보다 즐거워 보이는데."

"놀아주는 상대에 따라 반응도 변한다?"

"린노스케도?"

"응, 나랑 엄마일 때 태도가 달라. 엄마는 식사를 주는 사람이니까 나보다도 높은 사람이라는 느낌으로 보고 있고."

"후타바는?"

"대등? 그것도 조금 다르려나. 누나와 동생일까."

"일단 후타바가 누나구나."

"뭐야 일단이라니. 왜냐면 내가 더 나이가 많은걸, 그러는 히지리는 냐아짱에게 있어 어떤 존재야?"

"하인."

내가 곧바로 대답하자, 냐아가 날카롭게 딴지를 걸었다.

"캬아—."

"냐아짱은 아니라는데."

"하지만 냐아한테 휘둘리는걸."

"그렇게 말하는 것 치고 히지리 웃고 있잖아. 휘둘리는 걸 좋아하는 거 아니야?"

"그건 좀 봐주라."

"그래도 냐아짱이 사라졌다가 다시 만났을 때, 엄청나게 안도한 표정 짓고 있었지?"

그렇지 않아, 라고는 말할 수 없었다.

실제로 그때 나는 안도했기 때문이다. 역시 내게는 뱀이나 개구리보다 냐아가 좋다.

여자에 약하고, 갑자기 실종되고, 뻔뻔스러워도, 복슬복슬한 털과 절묘한 타이밍으로 나타나 분위기를 파악할 줄 아는 고양이는 냐아밖에 없으니까.

지금도 '감사하라고'라고 말하는 듯한 눈으로 내 쪽을 보고 있다.

네네, 알고 있습니다. 감사하고말고요.

우리는 눈으로 대화한다.

후타바 하루카가 걱정스러운 듯이 내 얼굴을 들여다봤다.

"피곤해?"

너무 갑작스러워서 그녀가 무슨 말을 하는 건지 이해가 되지 않았다.

"뭐가?"

"남이랑 이야기하는 건 피곤하다고 그랬으니까, 내가 너무 많이 떠들었나 싶어서……."

역시 조금 더 적절한 표현을 쓸 걸 그랬다고 후회했다.

고양이인 냐아가 분위기를 파악하는데, 내가 분위기를 파악하지 못하는 건 조금 곤란하다.

하지만 거짓말이 보이는 것은 좋아하게 된 사람뿐이니까.

"괜찮아—후타바는."

그 말을 듣고 후타바 하루카는 안심한 것처럼 표정이 누그러졌다.

전날의 폭풍이 거짓말이었던 것처럼 오늘 날씨는 쾌청했다.

5월도 끝이 가까워지자 강한 햇살에 시달리게 됐다. 옥상에 햇빛이 내리꽂힌다.

창고의 지붕이 튀어나와 있어서 조금은 햇빛이 가려지지만, 별로 도움이 되지는 않는다. 작년 여름에 열사병에 걸릴 뻔하기도 했고, 햇볕에 피부를 데여 세 번이나 벗겨지는 호된 꼴을 당하기도 했다.

올해는 레저용 파라솔이라도 가지고 올까, 그런 마음도 들었지만 크면 운반하기에 불편하고 선생님한테 들킬 위험성이 커지니까 신중히 고려해야 한다.

무엇보다 본격적인 여름까지는 아직 조금 시간이 있다. 나중으로 미뤘다가 후회할 게 뻔히 보이지만, 진심으로 고민하기에는 아직 열이 부족했다.

게다가 내게는 올여름보다도, 좀 더 앞날의…… 졸업 후의 일이 더 불안했다.

언제까지고 고등학생으로 있을 수는 없다. 즉, 앞으로 2년도 채 지나지 않아 이 장소에서 나가야만 한다.

누구와도 만나지 않고, 누구와도 이야기하지 않고, 누구도 좋아하게 되지 않는다. 죽을 때까지 그런 생활을 보내는 것이 가능할까.

"무인도에서 자급자족할 수 있다면 말이지."

나와…… 냐아만의 생활. 무방비하게 마음을 편히 두고 지낼 수 있어서 분명 즐거울 것이다.

그런 식으로 생각하는 이유는 어제 후타바 하루카에게 말을 건 것을 후회하고 있기 때문이다.

그녀 자신에게 문제가 있는 건 아니지만, 내가 바라건 바라지 않건 그녀는 언제나 갑작스럽게, 폭풍처럼 나타난다. 그리고 피할 수 없다.

너무 가까워지면 위험하다. 거리를 생각해야만 한다.

"응?"

그렇게 결의한 찰나, 후타바 하루카의 모습이 내 시야에 들어왔다.

강둑을 걷고 있던 그녀가 멈춰 선다. 움직이지 않는다. 어딘가를 보고 있다—싶더니 갑자기 강가 쪽을 향해 달리기 시작했다.

전에도 이런 광경을 본 적이 있다.

—설마, 또 리본이 날아간 건가?

가령 그렇다고 해도, 이번에는 강에 들어가지 않겠지. 안 들어가겠…….

"바보냐!"

강의 위험성은 알려줬다. 나는 위험하다고 전했다.

그걸 알면서도 강에 들어간다면, 이젠 그녀의 책임이다.

나와는 상관없다. 사고가 나든 어쩌든, 이 이상 그녀에게 가까이 다가가지 않겠다.

하지만 내 눈은 그녀의 모습을 따라가고 만다.

그녀는 무언가를 쫓는 것처럼 물속을 걸었다.

그 앞에는—상자가 있었다.

상자에 무언가 들어있나?

옥상에서는 상자 안까지는 보이지 않는다.

어제 내린 큰비로 강물이 늘어나 있다. 여느 때보다도 훨씬 물살이 빨랐다.

"젠장!"

제지하는 나의 사고를 떨쳐 내고, 다리는 멋대로 달리기 시작했다.

4월 때보다 무성하게 자란 잡초는 나를 방해했고, 짓밟을 때마다 풀 냄새가 자욱하게 올라왔다. 어제 내린 비 때문에 질척거리는 땅에 몇 번이고 발이 빠졌다.

어째서 이런 짓을 하고 있는 거지, 내버려 두면 되는데.

다리는 지치고, 호흡은 괴롭고, 가까이 가지 않는 편이 좋다는 걸 알고 있는데, 그런데도 나는 달렸다.

강둑을 달려 내려가 강가에 도착했을 때는 상자를 품에 안은 그녀가 강 중앙에서 멈춰 서 있었다.

"후타바! 당장 돌아와!"

그녀가 떨리는 것처럼 작게 고개를 흔들었다.

"무리야. 서 있는 게 고작인걸. 다리를 움직였다간 물살에 쓸려갈 것 같아."

어째서 들어간 거야, 위험하다고 알려줬는데.

생각한 말을 입 밖에 내는 것보다도 나는 빠르게 강으로 들어갔다.

물은 아직 차가웠지만, 에는 듯한 고통은 없었다. 그것보다도 물살을 거슬러 걷는 것이 더 무서웠다.

평소에는 무릎 정도까지밖에 오지 않을 터인 유량도 오늘은 내 허벅지까지 오고 있다. 보기보다 물살의 기세가 강했다.

그녀의 근처까지 가서 나는 손을 뻗었다.

"내 손을 잡아."

그녀는 또다시 작게 고개를 가로저었다.

"안 돼, 못 하겠어."

"무슨 말이야! 이대로는 위험하니까 그 상자 내려놓고 내 쪽으로 손을 뻗어!"

"싫어. 기껏 구했는걸."

"휩쓸려가고 싶은 거야?"

"그것도 싫어. 하지만 이건 절대로 놓지 않아!"

슬슬 짜증이 난다. 그런 말을 하고 있을 상황이 아닌데.

나는 살며시 다리를 움직여 거리를 좁혔다.

상자를 쳐서 떨어뜨려서라도 그녀의 손을 붙잡아 버리면…….

내 의도가 들키지 않도록 나는 팔을 뻗었다. 그리고 그녀의 팔에 닿았을 때—.

"앗!"

후타바 하루카의 균형이 무너졌다.

나는 정신없이 그녀를 끌어안았다.

"내 몸에 팔을 둘러."

"하지만……."

"내가 상자를 들 테니까!"

이번에는 그녀도 순순히 따라 주었다.

거기서부터는 둘이서 말을 걸어 발을 맞추면서 한 걸음씩 걸었다.

여전히 물의 흐름은 강하게 느껴졌지만, 무게가 늘어난 만큼 휩쓸려 갈 것 같은 공포는 희미해졌다.

강가에 도착하자 후타바 하루카는 가장 먼저 상자 안을 들여다봤다.

"괜찮을까?"

"먼저 자기 걱정이나 해. 운이 나빴다면 그 녀석이랑 같이 휩쓸려 갔을지도 모른다고!"

"나는 괜찮아. 그런 것보다 이 아이 무척 쇠약해져 있는데, 어제부터 버려져 있던 걸까."

"그런 거라니……."

내 이야기 따위 조금도 듣고 있지 않다. 그녀의 의식은 완전히 상자 안—새끼 고양이에게 향해 있었다.

"……글쎄."

언제부터 방치되었을까. 새끼 고양이는 축 처져 있었다.

"그건 그렇고 용케 알아차렸네."

"강둑을 걷고 있었더니 울음소리가 났거든. 처음에는 기분 탓인가 싶었어. 그런데 상자가 기울어졌을 때 안이 조금 보였어……."

그녀의 말로는 강가에 놓여 있던 상자가 유량이 늘어난 강에 휩쓸린 게 아닐까 라고 한다.

"생후 2개월도 안 된 것 같아."

"아마도."

"어떻게 이런 어린 고양이를 버릴 수 있는 걸까."

그런 건 나도 모른다. 이사라든가, 부모님 또는 집주인 몰래 기르다가 들켰다든가, 뭐 그런 게 아닐까 생각한다.

어느 쪽이든 간에 지금 우리가 생각해 봤자 아무런 의미가 없다.

“동물병원은 여기서 가까워?”

“조금 걷겠지만, 멀지는 않아.”

“그러면 길 가르쳐줘.”

말로 설명해 봤자 방향치가 헤매지 않고 도착할 수 있을 것 같지 않았다.

나는 상자 안에 누워 있는 새끼 고양이를 봤다. 가슴이 뭉클거린다. 이따금 먀아– 하고 울지만 그 목소리가 가냘파서 불안했다.

“구해주려고?”

“물론.”

“구해주면, 후타바 집에서 기를 수 있어?”

“그건……. 지금 집은 셋집이라 두 마리는 아마도 힘들지도. 그러니까 길러 줄 사람을 찾아줄래.”

그녀가 고개를 숙였다. 내가 괴롭히고 있는 것 같지만 그럴 생각은 없다. 강에 들어간 것에 대해서는 화가 나도, 고양이는 그녀의 자유다.

"못 찾았을 때는 보건소행이 될지도 모르는데, 그래도 구해줄 거야? 먼저 말해 두지만 우리 집도 어려워. 부모님이 동물을 좋아하지 않으니까."

나아를 기를 수 있었던 건 우연과 필연이 겹친 결과다.

"그렇……겠지."

한순간 올라온 그녀의 얼굴이 또다시 아래를 향했다.

햇볕이 있어도 젖은 교복은 차갑다. 바람이 불면 피부에 달라붙어 선뜩했다.

"돌아가서 갈아입는 편이 좋지 않을까?"

"그러고 있을 시간이 없어."

"어느 쪽이건 살아나기 힘들 거 같은데."

튀어 오르듯이 후타바 하루카가 고개를 들었다. 그녀는 험악한 표정으로 내게 바싹 다가섰다.

"아직 살아있어!"

"하지만 쇠약해져 있잖아. 물론 후타바 너의 자유니까 내가 왈가왈부할 문제는 아니야. 하지만 길고양이를 발견할 때마다 구하고 있다가는 끝이 없지 않을까."

반론 당할 거라고 생각했다. 하지만 의외로 그녀는 냉정했다.

"히지리 네 말이 맞아. 내가 이 세상에 버려진 모든 고양이를 구하진 못해. 하지만…… 눈앞에서 곤경에 빠져 있는데도 구하지 않는다니, 나는 그렇게 못해. 설령 그게 임시방편이더라도, 위선이라는 말을 들을지라도 손을 내밀어주고 싶어, 구하고 싶어."

어째서 그렇게 단언할 수 있는지 나는 알 수 없었다. 그저 한 발도 물러서지 않는 그녀의 모습에서 확고한 신념 같은 것을 느꼈다.

젖은 채로 동물병원 문을 열고 들어가자 접수대에 있던 원장 선생님의 아내 분이 황급히 나왔다.

"어떻게 된 거니? 오늘 비도 내리지 않았을텐데?"

병원 대기실에는 마침 아무도 없었고, 우리가 새끼 고양이를 구한 상황을 설명하자 아내 분은 곧바로 새끼 고양이를 진찰실로 데리고 갔다.

그사이 나는 수건을 빌리고, 건네받은 따뜻한 홍차를 마셨다. 하지만 후타바 하루카는 줄곧 울 것 같은 표정으로 스커트에서 물을 뚝뚝 흘리고 있었다.

"우리가 할 수 있는 건 기다리는 것뿐이야."

"그렇긴 하지만 뭔가 하고 싶어. ……아무것도 할 수 없지만.”

“그러면 우선 몸을 닦는 게 어때?”

그래도 그녀는 내 말을 듣지 않고 그 자리에 가만히 서 있었다.

나는 그녀에게 수건을 밀어붙였다. 냐아가 아닌데도 내버려 둘 수 없었다.

“……뭔가 하고 싶다면 이름이라도 생각해볼래?”

그녀가 갸우뚱한 눈으로 나를 쳐다봤다.

“이름?”

“억지로 이름을 붙이라는 건 아니지만…….”

“그러네, 지금 내가 할 수 있는 건 그 정도지. 이름이 없는 것보다, 이름을 불러주면 반응해 줄지도 몰라.”

후타바 하루카는 마음을 다잡고 기운을 차린 듯이, 스커트를 박박 닦았다.

“이름에 ‘노스케’를 붙이는 게 후타바네 관례였지?”

“응, 하지만 그건 남자일 경우에만. 아직 저 애가 남자애인지 여자애인지 모르니까, 어떻게 할까나.”

새끼 고양이의 성별은 알기 어렵다. 우리도 가는 길에 확인해 봤지만 잘 알 수 없었다.

그래도 수의사라면 판별할 수 있겠지.

"일단 남자애로 생각해 보는 건 어때?"

"그렇다고 하면, 린노스케가 있으니까 란노스케…… 룬노스케……. 으음— 란노스케 쪽이 좋으려나. 아, 그런데 처음에 소라노스케(空乃介)였으니까, 리쿠노스케(陸乃介), 우미노스케(海乃介), 츠치노스케(土乃介)……."

작명 센스에 관해서는 나도 남 말할 처지는 못 된다. 하지만 이대로 내버려 두면 끝없는 발상력이 터무니없는 방향으로 날아갈 것만 같았다.

"히지리는 생각해봤어?"

내게 화살이 날아왔기에 센스가 없으면 없는 대로 하나 제안했다.

"렌노스케는? 그거라면 린노스케랑 같은 라행이고, 여자애라면 렌카 같은 걸로 해서."

"렌노스케는 알겠지만, 렌카?"

"후타바의…… 하루카의 카를 한 글자 빌린 것뿐이야."

"아…… 아아! 대단해. 응, 너무 좋아!"

그렇게 칭찬받을 거라고는 생각하지 못했다.

내 작명에 동의해 주는 건 아마 그녀뿐이겠지.

그 뒤로 그녀는 어떤 한자를 맞춰 쓸까, 하고 미간을 찌푸리며 고민하고 있었다.

하지만 결론이 나오기 전에 우리는 진찰실로 불려갔다.

험상궂은 표정을 짓고 있는 쿠마타 선생님이 우리를 기다리고 있었다.

이 사람은 내가 냐아를 기르기 시작했을 때부터 줄곧 신세를 지고 있는 수의사다. 이름대로 곰 같은 덩치*이려나 싶었는데, 마른 체형에 장신이라 가운보다 정장 쪽이 더 어울릴 것 같은 분위기다. 입은 조금 험해도 신뢰할 수 있는 선생님이다.

"저체온이 계속된 느낌이군. 조금 더 자란 상태였다면 그나마……."

그뒤에 이어지는 설명을 듣는 게 무섭다. 각오는 하고 있어도 의사의 말은 무거웠다.

"어떻게 할 생각이야?"

선생님은 후타바 하루카가 아니라 내 쪽을 봤다.

하지만 내게는 결정권이 없다.

"길러줄 사람을 찾을 때까지는 그녀가 돌본다는 것 같아요."

"그것도 그렇지만, 그 이전의 문제다. 분명히 말해서 상황은 힘들어. 조금 전에 막 주운 고양이지?"

* 쿠마(くま). 일본어로 곰이라는 뜻이다.

"맞아요."

선생님이 팔짱을 끼고 신음했다.

"너희들은 이제 어린애가 아니다. 그러니 숨기지 않고 이야기하마. 치료비는 결코 저렴하지 않아."

"네."

"그래, 그걸 이해할 수 있을 정도의 어른이야. 하지만 한편으로는 아직 고등학생이지. 결과적으로 치료비를 내는 건 부모님이다. 그걸 생각하면, 어떻게 할래? 라고 묻지 않을 수가 없군. 물론 나는 어느 쪽이든 상관없다. 이대로 치료하지 않겠다고 한다면, 지금 진찰한 비용은 받지 않으마."

"치료해 주세요."

후타바 하루카의 대답에 망설임은 없었지만, 꽉 쥔 주먹은 떨리고 있었다.

이러한 경우가 처음은 아닌지, 선생님은 태연하게 기다리고 있었다.

"치료해 봤자 힘들다—살아나지 못할 가능성이 높다는 말이다. 저 고양이는 매우 쇠약해져 있어."

"알고 있어요."

"돈은 어떻게 할 거냐. 초진에다가 검사나 치료까지 더

하면 1만 엔으로는 부족해."

"괜찮아요, 낼게요! 그런데 지금은 2천 엔 정도밖에…… 아, 부모님께 연락해서 가져와 달라고 할게요. 그러면 안 되나요?"

팔짱을 낀 쿠마타 선생님이 하아, 하고 커다란 한숨을 내쉬었다. 그리고 나를 보며 쓴웃음을 지었다.

"히지리, 너도 고생 좀 할 상대를 골랐구나."

"그녀는 단순한 반 친구예요."

"뭐야, 그런 거냐. 냐아 말고 다른 것에 흥미를 가졌길래 철석같이 그런 건 줄 알았다."

오해받을 만한 행동을 하고 있다면 또 모를까, 그저 같이 있는 것뿐인데 어른들은 어째서 곧바로 곡해하는 걸까.

딱 보기에도 시시하다는 듯한 표정을 지은 쿠마타 선생님은 하나 충고하지, 라며 검지를 내게 향했다.

"연인이든 반 친구든 어느 쪽이든 상관없다만, 솔직함과 완고함은 종이 한 장 차이라는 거다. 내 아내를 보면 일목요연하잖냐."

옆에서 선생님의 정강이를 향해 발차기가 날아왔다. 물론 아내 분의 발이다.

그걸 맞은 쿠마타 선생님은 아악, 하고 다리를 눌렀다.

선생님의 대화와 행동이 전부 절묘하게 타이밍이 들이맞아서, 우리의 마음을 풀어주려 하고 있다는 것을 알 수 있었다.

하지만 그사이에도 후타바 하루카는 조금도 웃지 않았다. 딱딱한 표정으로 입을 굳게 다물고 있었다.

끈기 싸움에서 패배한 것은 선생님이었다.

"알았다. 할 수 있는 건 해 보마."

그녀의 얼굴이 환하게 밝아졌다.

선생님을 보고 '좋겠다'라고 생각했다. 지금 이곳에 없는 냐아를 보고 '좋겠다'라고 생각했다. 나는 그녀를 미소 짓게 만들 수 없으니까.

한 명과 한 마리가, 조금 부러웠다.

검사와 치료에 시간이 걸리기 때문에 우리는 대기실에 있었다.

전화하러 밖에 나간 후타바 하루카가 내가 있는 곳으로 돌아오더니, 울 것 같은 얼굴로 웃었다.

"엄마한테 설명했더니 바보라고 들었어."

"강에 들어간 거?"

그거라면 100% 동의한다.

"아, 그건 아직 말하지 않았어. 그렇겠지, 그건 더한 소릴 듣겠지."

"응, 그건 혼나는 편이 좋다고 생각해."

이 일에 관해서 나는 위로할 생각은 없었다. 오히려 그 정도로 혼난 게 부족할 정도다.

"강이 아니라면…… 렌노스케를 주운 거?"

"응, 이게 처음 일은 아니니까."

그렇겠지, 라는 것이 솔직한 감상이었다.

이사 오기 전에 그녀가 오늘과 비슷한 행동을 하던 모습이 눈에 떠오른다. 그리고 그때마다 모녀끼리 이런 대화를 주고받았을 거란 것도.

대기실에는 클래식 음악이 대화를 방해하지 않을 정도의 음량으로 흐르고 있었다.

들은 적은 있지만, 제목을 기억해낼 수 없는 피아노곡은 경쾌해서 우리의 대화 틈새를 메우는 것처럼 음표를 새기고 있었다.

"린노스케를 기르기 전에 말이야, 소라노스케라는 고양이를 기르고 있었어."

조금 전에 렌노스케의 이름을 생각하고 있을 때 그녀가

중얼거린 이름이다.

"일단 확인해 두는 건데, 그 고양이는……."

"몸에 구름 같은 무늬가 있었으니까 소라노스케*라고 지었어."

"그렇습니까."

"그렇답니다."

역시 작명 센스에 대한 기대를 배신하지 않는다.

"그래서 말이야, 내가 여덟 살 무렵에 소라노스케가 집 앞 도로에서 차에 치였어. 햇볕을 쬐고 있던 소라노스케를 품에 안으려고 했더니, 싫어하면서 내 품에서 도망쳤을 때야."

"……그렇구나."

무슨 말을 하면 좋을지 몰라서 나는 쌀쌀맞은 대답밖에 할 수 없었다.

"여덟 살은 뭔가 미묘한 나이 같지 않아?"

"미묘해?"

"응, 다양한 걸 알아가기 시작할 무렵이잖아. 이걸 하면 어른한테 혼난다든가, 반대로 칭찬을 받는다든가. 현실과 비현실이 구분되기 시작하는 나이잖아?"

---

* 소라(そら)는 일본어로 하늘이라는 뜻이다.

"아아, 응."

그건 내게도 짐작 가는 부분이 있다.

가령, 유아 때는 손을 뻗으면 닿는 범위가 이 세계의 전부였다. 그것은 초등학교에 올라가면서 넓어진다. 자기가 만질 수 있는 장소뿐만 아니라, 시야에 들어오는 조금 멀리 있는 장소까지도 자신의 세계가 된다.

"소라노스케가 죽었을 때, 죽음에 대해 어느 정도 이해는 하고 있었으니까. 하늘나라로 가 버렸다는 식으로 가볍게 넘기지 못했단 말이지. 하지만 미련 없이 보내줄 수 있을 정도로 어른이 된 것도 아니라서, 정면에서 소라노스케의 죽음과 마주한 기분이었어."

내가 거짓말을 이해한 것은 일곱 살 때로, 역시 여러 가지가 보이기 시작했을 무렵이었다.

그래서 그녀가 하고 싶은 말이 무엇인지 이해할 수 있었다.

"눈앞에서 사고를 접했지만 나는 아무것도 하지 못하고 울기만 했고. 엄마가 소라노스케는 죽었다고 말해 줄 때도 계속 울기만 했어."

"그건 어쩔 수 없잖아. 우리는 16살이 되었어도 아직까지 선생님이 말했듯이 금전적인 건 부모님께 기대야 하고, 의사도 아니니 우리가 손을 댈 수도 없어."

"그건 알아. 하지만 그 무렵보다는 어른이 되어서, 자신의 의사를 전할 수는 있게 되었어. 물론 부모님에게 기대는 부분은 있지만…… 더 이상 울고 있기만 할 뿐인 어린애가 아니니까, 아무것도 하지 않는 건 싫어."

"……그런가."

역시 내 대답은 쌀쌀맞았다.

다만, 조금 전에는 무슨 말을 하면 좋을지 몰라서 한 대답이었다면, 지금은 받아들일 수밖에 없다고 생각해서 한 대답이었다.

그녀의 그러한 삶의 방식은 성실하고 깨끗하다고 생각한다.

하지만 그 행동에는 위험성이 뒤따른다. 반드시 성공할 거라고는 장담할 수 없다. 그리고 실패할 때마다 상처를 입는다.

나는 그렇게 하지 못한다.

하지만 그녀는 강의 위험성을 알고 있어도 들어가고, 약해진 고양이를 발견하면 또 구할 것이다.

음악이 바뀐다. 조용한 피아노곡에서 빠른 템포의 관현악으로 변했다.

이 역시 어디선가 들어 본 적 있는 음악이지만 제목은 떠올릴 수 없다. 하지만 다그치는 듯한 속도는 기분을 바꾸기에는 마침 좋았다.

렌노스케는 병원에서 이틀을 지내고 세상을 떠났다.

우리는 그동안 학교가 끝나자마자 병원으로 직행했다. 이윽고 고비가 왔을 무렵, 선생님은 렌노스케를 안고 후타바 하루카 앞으로 데리고 나왔다.

렌노스케는 울지도 움직이지도 않고 그저 조용히 숨을 거두었다. 고통스러워하지 않는 모습이 유일한 위안이었지만, 발버둥 칠 기력조차 남지 않았던 걸지도 모른다.

그래도 쿠마타 선생님에 따르면 예상보다도 오래 버텼다고 한다. 나중에 나한테만 그렇게 말해주었다.

물론 의사의 예상보다 오래 버틴 것은 선생님의 치료도 있었지만, 렌노스케의 생명력 덕분일 것이다.

다만, 아무리 애를 써도 사라질 생명은 역시 사라질 운명인 걸까 하는 생각도 들었다.

요 며칠 동안은 맑은 날씨가 이어져 강물 수위도 낮아지고 잔잔했다.

시각은 오후 네 시 반을 넘겼지만 해는 아직 높이 떠 있다. 옥상에서 바라보는 빛은 반짝반짝에서 쨍쨍한 빛에 가까워졌고, 눈부심은 봄 때와는 비할 바가 못 되었다.

나와 후타바 하루카는 창고에 등을 기댄 채 멍하니 강을 바라봤다.

그녀는 까끌까끌한 콘크리트에 아무렇게나 맨다리를 뻗었다. 종아리가 아프지 않을까 하는 생각도 들었지만, 전날 밤새 울었는지 새빨개진 눈이 훨씬 아파 보였다.

"나는 아직도 이걸로 잘 된 건지 모르겠다. 처음부터 구하지 않았더라면, 더 빨리 편해질 수 있지 않았을까 라는 생각도 들고."

후타바 하루카는 강 쪽을 바라본 채 아무런 대꾸도 하지 않았다.

마지막 순간. 거의 움직임도 없었지만 렌노스케는 따뜻했다. 미세하게 아래위로 움직이는 가슴과 체온만이, 살아있다는 것을 알려주었다. 하지만 호흡이 멈추고 서서히 차가워지는 몸은 생물에서 물체로 변해 가는 느낌이 들었다.

솔직히 말하면 나는 그녀만큼 슬퍼하고 있지 않다. 처음부터 살아나는 건 어려울 거라 각오했었고, 역시 다른 선택을 했어도 괜찮았을지도 모른다는 마음을 버릴 수 없었기 때문이다.

그녀가 교복 주머니에서 스마트폰을 꺼내 한 장의 사진을 표시했다. 병원에 데려가 한순간이지만 희망이 보였을 때 촬영했던 눈을 뜨고 있는 렌노스케였다.

“어느 쪽이 옳았던 건지는 나도 모르겠어. 그래도 어쩌면 렌노스케는 그대로 죽는 것보다 한순간이라도 따뜻함을 느낄 수 있어서 더 좋지 않았을까 하는 기분이 들어.”

나는 그것은 인간의 에고가 아닐까 하고 생각했다.

하지만 그렇게 말하면 냐아 역시 내 곁에 있는 것보다도 밖에 나가고 싶은 걸지도 모른다. 실제로 한 번뿐이긴 하지만 집을 나갔었다.

만약 또 냐아가 집을 나가는 일이 생긴다면 찾지 않는 편이 좋은 걸까, 라는 하지도 못할 일을 생각한다.

“분명 이걸로 잘 된 걸 거야.”

후타바 하루카의 어조는 어째서인지 확신으로 가득 차 있었다.

“고양이 말이라도 알아듣는 거냐.”

농담조로 건네려고 한 말이었지만, 내 목소리는 떨리고 있다.

그녀는 렌노스케의 사진을 보고 있었다.

"적어도 나라면 그렇게 생각할 거야. 혼자보다는 누군가 곁에 있는 편이 행복한 기분이 들 수 있으니까."

전생에 고양이였냐, 라고 딴죽 거는 건 그만뒀다.

이 이상 무슨 말을 했다가는 내가 울어버릴 것 같았기 때문이다.

그녀의 말이 진짜인지는 아무도 알 수 없다. 하지만 그랬으면 좋겠다고 속으로 생각했다.

후타바 하루카가 일어섰다. 옥상 펜스에 기대어 강 쪽으로 몸을 내밀었다.

떨어질 것 같아도 안 도와줄 거다.

라고 생각했지만 나도 그때가 되어 보지 않으면 자신이 어떤 행동을 일으킬지 알 수 없다.

그녀가 내게 등을 돌린 채 말했다.

"렌노스케라 다행이었어."

"응?"

"렌카라고 불렀다면 여동생이려나 했겠지만, 처음에 렌노스케라고 불렀으니까."

"아아…… 그거."

렌노스케를 쿠마타 선생님에게 데리고 간 날. 그녀는

"남자애인가요? 여자애인가요?"라고 선생님에게 물었다.

남자애라는 말을 듣고 기뻐하는 듯했지만, 사실은 여자애 쪽이 좋았던 걸까.

"후타바는 여동생을 원했던 거야?"

그녀가 빙글 돌아봤다. 아니, 하고 고개를 가로저었다.

"렌노스케라서 좋았어."

그 모습을 본 나는 아직 괜찮아, 라고 생각했다.

생글생글 웃는 그녀에게서 빛이 보이지 않았기 때문이다.

교복이 긴소매에서 반소매로 바뀔 무렵이 되자, 내 스마트폰은 냐아와 린노스케 사진에 침식되고 있었다.

그녀는 여전히 교실에서는 필요 이상으로 내게 말을 거는 일은 없었지만, 옥상에는 빈번히 찾아오게 되었다. 하지만 체육 대회 준비로 바쁜 모양인지 옥상에 와도 다급해하는 모습이었고, 린노스케 사진을 보여줬나 싶으면 금방 돌아갔다.

그리고 체육 대회 당일을 맞이했다.

나는 전원이 참가하는 100m 달리기를 제외하고는 보결도 다른 사람에게 떠넘긴 채, 남은 시간 동안 도구 관리를 하고 있었다. 장애물 경주에서 사용한 허들이나 망을 정리하는 일이다.

이곳은 도구가 필요해졌을 때만 사람이 찾아오기 때문에 대부분 혼자 있을 수 있어 마음이 편했다.

등 뒤에서 자박, 하고 흙을 밟는 소리가 난다.

"히지리, 드디어 발견! 한참 찾아다녔어."

청색 머리띠를 두른 후타바 하루카가 숨을 헐떡이며 뛰어왔다.

"찾아달라고 부탁한 적 없는데."

"여기 시원하네."

체육 대회 때문인지 들떠 보이는 그녀는 내가 하는 말도 듣고 있지 않다.

"체육관이랑 교사 사이의 그늘진 곳이니까. 바람도 많이 불고."

"응, 무척 기분 좋아. 아— 한동안 여기 있고 싶다. 이 의상 보기와 다르게 덥단 말이지."

번들번들 광택이 도는 원단으로 된 파란 원피스와 하얀 앞치마. 올해의 청팀 콘셉트는 '이상한 나라의 앨리스'라는 모양인데, 어째서 체육 대회에 앨리스가 나오는 건지 모르겠다.

얼굴이 새빨개진 그녀는 가슴에 바람을 보내는 것처럼 옷을 팔락였다. 자각 없이 하는 행동이겠지만, 눈 둘 곳이 조금 곤란하다.

"……뭔가 볼일이라도 있어?"

"참, 그랬지. 조금 전에 봉 넘어뜨리기에서 쿠라타가 다쳐서 기마전에 참가할 남자 인원수가 부족해졌어."

"나는 안 할 거야."

"그러지 말고, 부탁해!"

앞에서 양손을 모으고 애원한다고 해서 남자가 간단히 넘어갈 거라 생각하지 말라고.

"다른 사람한테 부탁해."

"그게, 다른 사람은 여러 종목에 참가하고 있어서 이미 한계야. 현 대회가 가까운 사람은 절대로 내보내면 안 된다는 엄명도 받았단 말이야."

"아—……."

농구부와 배구부, 그리고 육상부. 어째서인지 우리 반 남학생들은 체육계열에 많이 들어가 있었고, 다음 주에 대회를 앞두고 있었다. 그래서 각 부의 고문 선생님들로부터 부상 위험성이 높은 경기—즉 봉 넘어뜨리기나 기마

전에는 참가시키지 말라는 통보가 있었다.

“내가 나가봤자 도움 안 돼.”

“돼, 될 거야. 충분히 되니까!”

“뭘 근거로—우왓!”

그녀가 내 팔을 붙잡고 달리기 시작했다. 생각했던 것보다 힘이 세서 질질 끌려갔다. 주변 풍경이 흘러가는 것처럼 움직였다.

“하겠다는 말은 안 했어.”

“다음에 아이스크림 쏠게!”

흙먼지가 흩날린다. 북을 치는 소리와 메가폰을 통해 나오는 소리가 울린다. 빨간색과 파란색, 노란색과 녹색이 운동장에 흩어져 있다. 그녀가 있는 장소는 쓸데없이 덥고, 쓸데없이 시끄럽다.

나도 이 가운데 들어가라고?

“초콜릿도 쏠게!”

뛰고 있던 그녀가 갑자기 내 등 뒤로 돌았다. 그리고 탁, 하고 내 등을 밀었다.

나를 본 반 애들로부터 이 녀석도 참가하는 거야? 라는 시선을 받았다.

“히지리, 힘내!”

그녀의 성원이 신호가 된 것인지, 기마전 출전자 집합을 알리는 호루라기가 울렸다.

내게 거부권은 없었다.

체육 대회는 홍팀의 우승으로 끝났다.

청팀은 준우승. 응원단장이 눈물의 해단식을 치렀다.

별로 내키지 않던 내게는 남 일로밖에 느껴지지 않았지만, 의상 담당인 후타바 하루카는 눈물을 뚝뚝 흘리고 있었다.

대체 휴일을 소화하고 다시 여느 때와 같은 학교생활이 시작된다.

교실에서는 수업을 듣고, 쉬는 시간에는 문제를 푼다. 점심시간에는 후타바 하루카가 와서 그때는 아주 약간 떠들썩해지지만, 역시나 나는 조용히 숨죽이며 시간이 지나가길 기다린다. 그런 모습을 상상하며, 그 이상은 바라지 않았다.

하지만 미즈노 씨의 말대로 거스를 수 없는 경우가 있는 걸지도 모른다.

옥상에서 교실로 돌아가려고 발걸음을 돌리자 들려오는

목소리에 발을 멈췄다.

“있잖아, 하루카. 기마전 때 왜 후지쿠라를 데리고 온 거야?”

설마 내 이름이 나올 거라고는 생각지도 못했다. 교실에 들어가고 싶지만 이런 상황에 들어갈 수 있을 정도로 뻔뻔하지 않다.

어쩔 수 없이 나는 몸을 숨기는 것 마냥 복도 모퉁이에서 멈춰 섰다.

“왜라니…….”

“우리 학년 말고도 대신 할 사람이 있었으니까, 굳이 그 녀석을 데려오지 않아도 됐잖아.”

“그렇긴 하지만…… 히지리는 전원 참가 종목 말고는 등록을 안 했으니까, 여유가 있을 거라고 생각해서.”

“그건 후지쿠라가 바란 일이잖아. 억지로 그 녀석을 넣지 마.”

“확실히 조금 억지로 권했을지도……. 반대로 묻고 싶은데, 어째서 히지리를 그렇게까지 싫어하는 거야?”

“싫어하는 게 아니야. 그냥 존재 자체가 짜증 날 뿐이지. 자기 혼자만 다른 세상에 살고 있다는 얼굴 하고선, 우리를 바보 취급하는 듯한 눈으로 보니까.”

"그런가……."

"그렇다니까. 게다가 하루카는 작년 때 후지쿠라를 모르겠지만, 1학년 때 반에서 지갑 도난 사건이 있었어. 결과적으로는 덤벙거리는 바보가 착각해서 다른 곳에 놔뒀었다는 결말이었지만 그 진상이 밝혀지기 전까지 반 분위기도 최악이었고, 당연히 다들 훔치지 않았다고 하니까 각자 가방을 열어보자고 내가 말을 꺼냈지."

"그래서?"

"그랬더니 후지쿠라 녀석, 무시무시한 얼굴로 날 노려본 거 있지. 딱히 범인 취급한 것도 아닌데."

그러고 보니 그런 일도 있었다. 그렇지만 노려봤다는 자각은 없다. 그저 내 안에서는 초등학교 2학년 때의 일이 트라우마가 되어서, 도난 사건이라는 말을 들으면 평소 이상으로 신경이 예민해진다는 기분은 든다.

"범인이 아니라면 바로 보여주면 되는 거 아냐?"

"그렇긴 하지만…… 히지리한테도 무슨 사연이 있던 게 아닐까? 자기 물건에 깐깐한 사람도 있고, 어쩌면 학교에 가지고 오면 안 되는 물건을 그날 우연히 가져왔을 수도 있고."

"아—…… 혹시, 남자가 남들한테 보였다가는 곤란한

그런 물건?"

"후지쿠라가? 실은 은근히 밝힌다든가?"

"애니메이션 관련 물품일지도 모르지, 실은 엄청난 오타쿠라든지."

"그거라면 그나마 낫지만, 걔는 그런 쪽이랑 다르잖아. 굳이 말하자면 몇 년 후에 뉴스에 나올 것 같은 분위기라고 할까."

"혹시 싸이코패스?"

"잠깐만! 그런 말은 히지리한테 실례잖아."

후타바 하루카가 외쳤다.

쉬는 시간에 떠들썩하던 주변이 한순간 조용해졌다.

내가 모퉁이에서 살며시 얼굴을 내밀어 살펴보니, 여자애들이 당황한 기색으로 후타바 하루카를 달래고 있었다.

그녀는 흥분한 기색으로 평소보다 빠른 어조로 말했다.

"히지리한테 접근하기 어려운 분위기가 풍기는 건 알아. 하지만 너무 멋대로 상상하지는 말아줘."

"……확실히 말이 지나쳤어, 미안해. 그런데 어째서 하루카는 그렇게까지 후지쿠라를 감싸는 거야?"

그건 나도 신경 쓰였다. 냐아를 통해 조금은 친해졌다고는 해도, 굳이 사이가 좋은 여자애들하고 대립하면서까지 나를 감쌀 필요는 없다.

"히지리는……."

후타바 하루카는 거기서 한 번 눈을 감았다.

나는 마른침을 삼키며 그녀의 말을 기다렸다.

"히지리는 오해받을 요소가 있을지 몰라도, 그 이상으로 믿을 수 있는 사람이야."

"왜 그렇게 생각해?"

"생각한다기보다……. 히지리가 사람을 피하고 있다는 건 나도 알아. 하지만 누군가가 정말로 곤란해하고 있으면 보고도 못 본 체하지 않아. 똑바로 손을 내밀어 주니까."

후타바 하루카가 망설임 없는 태도로 단언했기 때문인지 다른 여자애들은 난처한 듯이 서로 얼굴을 마주 보고 있었다.

나는 부끄러워서 그 자리에서 떠나고 싶었다.

하지만 도망치고 싶으면서도 그녀의 말을 듣고 싶다는 마음을 버리지 못하고 있었다.

"하루카, 실은 후지쿠라랑 옛날부터 알고 지내는 사이 같은 건 아니지?"

"응."

"그래도 믿는다는 건, 우리가 후지쿠라를 오해하고 있

다는 거야?"

"아니, 그런 게 아니야. 내가 모르는 것도 잔뜩 있고, 아마 모두가 거리를 두는데도 이유가 있을 거라 생각해. 단지 나는…… 내가 알고 있는 부분은 믿고 싶을 뿐이야."

"어째서 그렇게까지 생각하는 거야? 혹시 하루카는 후지쿠라를…… 좋아해?"

어? 하고 무심결에 목소리가 새어 나온 후타바 하루카는 곤란한 듯이 고개를 숙였다.

그 순간, 내 다리는 움직였다.

그녀의 입에서 나오는 말을 '듣고 싶다'보다도 '듣고 싶지 않다'는 쪽이 앞섰으니까.

—어째서 저런 질문을 하는 거지. 그런 걸 알아서 어쩌겠다는 건데.

후타바 하루카가 나를 좋아하든 싫어하든, 내가 그녀를 좋아하지 않는다면 '거짓말이 보일' 일은 없다. 그런 건 알고 있다.

하지만 나는 '좋아해'나 '싫어해', 어느 쪽도 듣는 것이 두려웠다.

후타바 하루카에게 메시지를 보냈다. 읽음 표시는 금방 나타났는데 대답은 오지 않는다.

납득해 준 걸까, 그게 아니면 지금은 손을 뗄 수 없을 정도로 바쁜 걸까.

가슴 속에 있는 괴로운 것을 지우고 싶어서 나는 내가 보냈던 메시지를 다시 읽어보고 있었다.

그와 동시에 자신의 행동을 잘 이해할 수 없었다.

이 관계를 끝낼 거라면 내게 말을 걸어오든 연락이 오든 무시하면 될 뿐인데, 내가 먼저 메시지를 보내고 말았다.

요시나 밋짱과는 자연히 관계를 끊었다. 하지만 후타바 하루카는…….

계단 쪽에서 소리가 난다.

그녀가 숨을 헐떡이며 옥상으로 와서는 새빨간 얼굴로 소리쳤다.

"더는 내게 신경 쓰지 말라니, 그게 무슨 말이야?"

"별로."

"별로, 만 가지고는 모르겠어. 이유를 가르쳐줘."

"후타바는 상관없는 일이야."

"나와 관계된 건데도?"

"내가 누구랑 관계를 맺을지는 내가 결정할 일이야. 물론 후타바가 누구와 관계를 맺든 그건 후타바의 자유고."

"무슨 그런…… 갑자기 왜?"

"갑자기, 라……."

후타바 하루카에게는 갑작스러운 일일지 몰라도 나는 줄곧 무서웠다. 이대로 그녀 곁에 있으면 굳이 안 봐도 될 것을 보고 말 것 같으니까.

함께 있는 시간이 생각보다 즐거워서 결론을 미루고 있었지만, 그것도 한계다.

교사 쪽에서 예비종이 들려온다. 점심시간이 끝난다. 이제 곧 5교시가 시작되려 하고 있었다.

"혼자 있게 해줄래?"

"곧 수업 시작인데?"

"나는 여기 있을 거야."

옥상에서 강을 바라본다. 지금까지도 그렇게 해 왔고, 앞으로도 그렇게 하면 될 뿐이다.

"히지리는 계속 혼자서 있을 생각이야?"

"응."

"앞으로 어른이 되어도, 할아버지가 되어도 줄곧, 혼자서 있으려고?"

"분명 그렇겠지."

"그러면 외롭지 않아?"

—응. 이라고는 말할 수 없었다. 외로움을 전혀 느끼지 않는다고 하면 거짓말이 되니까.

그래도 나는 혼자 있는 것을 선택했다.

"지금까지 줄곧 그랬으니까, 이제 익숙해졌어."

"그건 익숙해지는 거야? 히지리는 어째서 혼자가 되려는 거야?"

나한테는 그게 더 편하니까.

하지만 그렇게 말해 봤자 그녀는 이해하지 못할 것이다.

그래서 나는 반대로 질문했다.

"어째서 사람들은 누군가와 함께 있는 걸까?"

후타바 하루카는 난감한 표정을 지었다. 나도 납득할 수 있는 답을 그녀가 알고 있다면, 내게도 알려주었으면 좋겠다.

너와 나 사랑과 거짓말

샤프심을 꺼내고 수학 교과서를 펼친다. 숫자와 문자의 나열을 훑어본다. 그래도 내용이 전혀 머리에 들어오지 않아 몇 번이고 다시 읽었다. 하지만 문장은 언어로 인식되지 않고 머릿속을 그대로 지나쳐 갔다.

교실 안에 가득 찬 목소리가 시끄럽다. 무슨 이야기를 하고 있는지 신경이 쓰여 어쩔 도리가 없다.

2학년이 되기 전에는 이런 일이 없었다.

원인은 알고 있다.

고개를 든다. 찾지 않아도 내 눈은 후타바 하루카의 모습을 발견하고 만다.

내 쪽에서 그녀를 밀어낸 주제에 가슴 안쪽이 답답했다.

그날부터 내 스마트폰은 울리지 않았다. 당연히 린노스케의 사진은 오지 않는다.

그래도 내 폴더에는 냐아의 사진이 늘어나 있다. 보낼 곳도 없는데, 매일 아침 냐아를 찍고 있었다.

"후타바."

어떤 남자가 후타바 하루카를 부른다. 두 사람이 대화를 시작한다. 대화 내용은 내 자리까지 들려오지 않지만, 즐거운 듯이 이야기하고 있다. 웃고 있다는 것도 알 수 있다.

—같은 반이니까 대화 정도는 하겠지.

—무슨 이야기를 하는 거지?

—저 두 명이 이야기할 만한 공통 주제가 있던가?

머릿속으로 대화를 예상해도 그 답은 알 수 없다. 나는 의자에서 일어섰다.

문득 시선을 느껴 고개를 돌리자 조금 떨어진 장소에서 나를 보고 있었다.

견제하고 있는 건지 내게서 눈을 떼지 않는다.

다시 의자에 앉았다. 내가 의자에 앉자 그 아이는 어디론가 자리를 옮겼다.

후타바 하루카에게 나에 대해 캐물었던 아이다. 내가 어제 그 자리에서 떠난 뒤, 여자애들이 무슨 이야기를 했는지는 알 수 없다. 그래도 경계 당하고 있다는 것은 이따금 시선으로 느끼고 있었다.

다시 한번 수학 교과서를 훑어본다. 문제의 지문을 머릿속으로 여러 번 되풀이 한다.

시야 끝에서 후타바 하루카가 자기 자리에 앉은 것을 확인하고 나서야 나는 식을 쓰기 시작했다.

옥상에서 가방을 베개 삼아 쓴다. 콘크리트에 눕는 느낌은 좋지 않았지만 지친 뇌는 편안해졌다.

토요일인데도 등교해서 오전 중에 모의고사를 세 과목 쳤다.

고등학교 입시가 끝난 지도 얼마 되지 않은 것 같은데, 지금은 대학 입시를 생각하라는 소리를 듣는다. 아직 6월이지만 수험을 앞둔 3학년은 역시 눈매가 달랐다.

교사 쪽에서 금관악기 소리가 들려온다. 취주악부가 연습을 하는 모양이다.

"모의고사가 막 끝난 참인데, 용케도 연습하네."

건물 배치 관계상 내가 있는 곳에서는 운동장이 보이지

않는다. 하지만 분명 지금쯤 육상부나 야구부가 땀을 흘리고 있을 것이다.

집에 돌아가도 할 게 없는 나는 평소에는 동영상을 보거나 요리 레시피를 검색하는 등, 옥상에서 스마트폰을 만지작거린다.

하지만 오늘은 전원을 끄고 있다. 스마트폰의 용도를 필요 이상으로 알아버린 탓에 그전처럼 동영상이나 레시피 검색 정도로 만족할 수 있는 도구가 아니게 되어 버렸기 때문이다.

딱딱한 콘크리트 위에 누운 탓에 등이 아프다. 상체를 일으켜 무릎을 끌어안았다.

오늘은 태양이 숨어 있어서 강물에 반사되는 빛이 없다.

"아……."

귀가 중인 후타바 하루카가 강둑을 걷고 있었다. 아무리 그래도 강에 뛰어드는 낌새는 없었지만, 교실에서 대화를 나누던 남자와 같이 걷고 있다.

그녀가 강둑에서 멈춰 섰다. 옥상 쪽을 향했다.

—날 보고 있어?

그럴 리 없다. 아마 내 착각이겠지.

그녀는 다시 걷기 시작했다.

이 이상 보고 있으면 스토커로 의심받을 것 같아, 나는 다시 콘크리트 위에 누웠다.

하늘은 여전히 구름으로 뒤덮여 있다.

하지만 구름이 조금씩 바람에 흘러가, 태양이 모습을 드러내기 시작했다.

"……눈부셔."

눈을 감자 내 눈에 비치는 것은 아무것도 없었다.

"냐아—."

녹갈색 눈이 나를 보며 꼬리를 흔들고 있다. 귀여움을 연출하고 싶은 건지 치켜뜬 눈으로 생글생글 웃고 있다.

시계를 보니 점심시간이 지날 무렵이었다.

아아, 무능한 주인에 대한 재촉이군요.

"미안, 깜박했어. 지금 준비할게."

"냐아—."

읽던 책을 책상 위에 엎어 두고 방에서 나왔다. 1층으로 내려가니 부모님 모습은 보이지 않았다.

테이블 위에 '회사 다녀올게'라는 메모와 밥값인 천 엔짜리 지폐가 놓여 있었다.

"오늘은 무슨 맛으로 먹을래?"

냐아의 눈앞에 카츠오와 치킨, 참치통조림을 뒀다.

진지한(것처럼 보이는) 얼굴로 냐아는 통조림 앞을 어슬렁거리고는 코를 가까이 대고 킁킁거린다.

"열지도 않은 통조림이 냄새 날 리가 없잖아……."

냐아는 내 목소리 따위 들리지 않는 척, 계속 냄새를 맡는다.

빨간색 통조림을 턱으로 내밀었다.

"그래 그래. 오늘은 참치를 희망하시는군요."

접시에 담아주자 냐아가 정신없이 먹기 시작했다.

"맛있어?"

대답이 없다. 아니, 그렇다기보다 먹느라 바쁜 모양인지 꼬리를 두 번 흔든 것이 대답 대신인 듯했다.

"한가하네. ……아니, 한가한 건 나뿐인가."

나도 배가 고팠지만 밖에 나가는 것도 귀찮고 만드는 건 더욱 귀찮았다.

냉장고를 열어보니 고기나 생선은 있지만 요리를 할 기분이 아니었다.

"냐아……, 그거 그렇게 맛있어?"

통조림에는 '엄선된 참치를 100% 사용. 산지에서 급속으로 조리하여 소재 본연의 맛을 그대로 담았습니다.'라고 적혀 있다.

고양이 간식용 쿠키는 먹어봤지만 고양이용 통조림은 아직 미지의 세계다. 하지만 인간이 먹는다고 해서 독이 되는 건 아니겠지.

내가 물끄러미 바라보고 있자, 고양이와 호랑이는 같은 종이라는 사실을 떠올리게 해 주는 표정으로 "캬악—!" 하고 소리쳤다.

"……안 빼앗아."

"냐아—."

좋아, 라고 말하고 있는 걸까.

아무리 그래도 고양이와 통조림 쟁탈전을 벌일 정도로 배고프지는 않다. 사람이 먹는 통조림도 있다.

하지만 그것조차도 꺼내는 것이 귀찮아서 나는 사다 둔 식빵을 베어 물었다. 맛은 없었다.

"역시 그거 한 입……."

"캬악—!"

약속이라도 한 듯한 시시한 대화도 냐아에게 감사할 일이다. 냐아가 없었다면 나는 혼자다.

나도 다른 사람들처럼 누군가와 웃거나 놀면서 평범한

생활을 보낼 수 있다면 좋았을 텐데, 하고 생각했던 적은 있다. 하지만 그건 불가능하다.

좋아하는 사람의 거짓말이 보인다는 걸 깨달은 이후부터, 냐아와 만나기 전까지.

한 달도 채 안 되는 기간이었지만 너무나도 외로워서 멸망한 지구에 오직 혼자 남아 있는 것처럼 허전했다.

"냐아가 없었다면 나는 어떻게 되어 있었을까."

아직 참치를 만끽하고 있는 냐아는 대답하지 않는다.

그래도 좋다. 냐아가 있어 주는 것만으로도 충분하다.

"그때 말을 걸지 않았다면 어떻게 되어 있었을까 …… 서로."

9년 전, 냐아와 만났을 때의 일을 떠올렸다.

◈ ◈ ◈

초등학교 1학년 때, 크리스마스가 지나고 같은 반 아이가 내게 산타클로스는 아빠와 엄마라는 사실을 알려줬다. 반 아이들 대부분은 아직도 산타클로스의 존재를 믿고 있었지만, 형이나 누나가 있는 아이들은 산타클로스의 정체를 아는 게 외동인 나보다도 빨랐기 때문에 그 사실을 자랑스럽게 이야기하고 다녔다.

처음에는 믿을 수 없었다. 산타클로스는 분명히 있을 거라고 생각했고, 실제로 그때까지 크리스마스 날에는 아침이 되면 머리맡에 커다란 선물이 놓여 있었기 때문이다.

하지만 반 아이는 아빠와 엄마가 분명 산타클로스라면서 끝까지 우겼다.

그래서 나는 2학년 크리스마스 때 확인해 보기로 했다.

"히지리는 올해 무슨 선물을 부탁할 생각이니?"

지금 생각해보니 무슨 선물을 갖고 싶은 건지 확인해보기 위한 거였구나.

그때도 아직 나는 마음속 어딘가에서 반 아이가 했던 이야기가 거짓말이기를 바라고 있었다.

산타클로스는 외국 어딘가에 살면서 지금쯤 분명 온 세계의 어린이들에게 선물을 나눠줄 준비를 하고 있을 거라고 기대하고 있었던 것이다.

다만, 모순일지도 모르지만 기대하는 것과 동시에 밝혀내고 말겠다는 마음도 있었다.

나는 엄마의 질문에 질문으로 응수했다.

"산타할아버지는 엄마랑 아빠지?"

엄마는 부정했다.

하지만 그런 거짓말은 내게 통하지 않았다. 엄마의 몸이 빛났기 때문이다.

나는 혹시나 해서 물어본 것인데, 엄마가 내게 거짓말을 했다는 사실이 충격이었다.

그 무렵에는 그런 짓을 계속 되풀이했다. 다시 말해, 내게 거짓말을 하고 있는지 아닌지 부모님을 시험한 것이다.

그 거짓말 중에는 나중이 되어 보면 산타클로스처럼 우스갯소리가 되는 것도 있었지만, 개중에는 지금까지도 깔끔하게 매듭을 지을 수 없는 것도 있었다.

아빠의 여자 문제나 친척과의 유산 상속 분쟁, 아무리 교묘하게 얼버무려도 내게는 보였다.

아이들에게는 '거짓말을 해서는 안 돼'라고 가르치면서, 낯빛 하나 바꾸지 않고 거짓말을 하는 어른을 보면 누구를, 무엇을 믿으면 좋을지 모르게 되었다.

그래서 나는 언제나 신경이 곤두서 있었다.

크리스마스 선물은 필요 없다고 말하고, 케이크도 트리도 거부했다.

그래도 아빠와 엄마는 치킨과 케이크를 준비해 주었지만 나는 거의 손을 대지 않았다.

그렇게 크리스마스가 지나고 세상에 정월 장식이 넘쳐날 무렵, 나는 정처 없이 헤매고 있었다.

연말 연휴로 부모님은 집에 있다. 학교는 문이 닫혀있고 친구도 없었다.

집에 있고 싶지 않았던 나는 있을 곳을 찾지 못해, 눈이 내리는 가운데 정처 없이 그저 밖을 걷고 있었다.

그때, 어디선가 울음소리가 들려왔다.

길 한구석에 모서리가 조금 이지러진, 옷을 담는 플라스틱 상자가 있었고 그 안에는 새끼 고양이가 들어있었다. 상자에는 매직으로 '주워주세요'라고 적혀 있다.

갓 태어났다고 할 정도로 작지는 않았지만, 다 큰 고양이도 아니라는 건 나라도 알 수 있었다. 나중에 쿠마타 선생님께 물어보니 아마도 생후 4, 5개월 정도일 거라고 말했다.

바쁜 연말 시기였기 때문인지, 버려진 고양이에게 흥미가 없는 건지는 알 수 없었지만 한동안 시간이 지나도 새끼 고양이 앞에서 멈춰 서는 사람은 한 명도 없었다.

나는 외톨이, 새끼 고양이도 외톨이. 상자 안에 있는 작은 존재에 나는 나 자신을 겹쳐 봤다.

"외로워?"

사람의 말이 통한 건지—는 알 수 없다. 하지만 새끼 고양이는 조그만 얼굴의 3분의 1 정도를 차지할 만큼 커다란 눈동자로 나를 보며 울었다.

"냐아—."

지금보다 울음소리가 높고 가늘었다. 하지만 분명히 '냐아—'라고 울었다.

학교에서 기르던 토끼에게 먹이를 주거나, 옆집 고양이랑 조금 놀아 본 적은 있다. 하지만 고양이나 강아지를 기르고 싶다고 부모님께 조른 적은 한 번도 없었다. 애초에 흥미가 없었다.

하지만 이때의 나는 눈앞에 있는 작은 생물을 어떻게 해서든 데리고 돌아가고 싶었다.

"우리 집에 올래?"

새끼 고양이는 울지 않았다. 하지만 내 눈을 지그시 보고 있었다.

"……나랑 같이 있을래?"

"냐아—."

내게는 알겠다는 의미로 들렸다.

안아 올린 고양이는 따뜻해서, 내 체온을 아주 약간 올려 주었다.

"정말로 냐아— 하고 우는구나."

"냐아—."

옆집 고양이는 냐— 라고 울지 않았던 것 같다. 후먀— 라든가 우냐— 하는 그런 느낌.

그래서 더욱 신선하게 느껴졌다.

"그러면 있지, 오늘부터 너를 냐아라고 부를게."

내 품 안에 있는 새끼 고양이는 한순간 응? 하고 고개를 갸우뚱했지만 뭐 괜찮나, 라고 말하고 싶은 것처럼 이번에도 역시나 "냐아—."하고 울었다.

냐아도 줄곧 누군가 주워 주지 않으면 어쩌나 싶었던 모양인지 내 품 안에 얌전히 안겨 있었다.

부모님은 애완동물을 기르는 건 적극적으로는 찬성하지 않았지만, 모든 것을 거절하고 있던 나의 부탁을 거부할 수는 없었던 모양이다. 내가 돌본다는 조건으로 기르는 걸 인정해 주었다.

냐아는 큰 병을 앓는 일 없이 무럭무럭 성장했다. 성장함과 동시에 뻔뻔함이 늘어나고 태도도 건방져졌으며 목소리도 낮아졌지만, 지금도 냐아— 하고 울면서 내 곁에 있어 준다.

그날 이후로부터 줄곧, 냐아만이 진심을 이야기할 수 있는 상대였다.

◈ ◈ ◈

“너도 옛날에는 귀여웠지.”

“캬—악!”

식사 중인 냐아가 반론했다.

“……지금도 귀여워.”

그걸로 납득했는지 다시 식사로 돌아간다. 식사에 열중인 냐아의 뒷머리가 귀엽다. 등뼈가 굽이진 모양도 귀엽다. 꼬리가 처진 모습도 귀엽다.

정말로 냐아와 있으면 지루하지 않다.

다만, 상상하고 싶지는 않지만 고양이의 수명은 사람보다 짧다.

“수명 긴 요괴 고양이라도 되면 좋겠다.”

그건 무모한 부탁이라고 생각하는지, 냐아는 꼼짝도 하지 않는다.

하지만 진심이다. 냐아와 헤어지지 않을 수 있다면 요괴 고양이라도 상관없다.

내가 심각하게 고민하는 사이에도 냐아는 부지런히 식

사 중이다. 접시 안의 내용물은 줄어 있었다.

냐아의 식욕을 보며 그런 생각해 봤자 별수 없다는 느낌이 들었다.

냉장고를 연다. 달걀이 여덟 개 들어있다.

"오믈렛이라도 만들까."

요전에 인터넷에서 맛있어 보이는 레시피를 발견했다.

달걀 두 개를 꺼내 둥근 보울에 깨서 담는다. 우유와 버터, 숨은 맛으로 가루 콩소메를 조금 넣는다. 거품기를 꺼내는 게 귀찮아서 젓가락으로 섞었다.

쓸데없이 향상되어 가는 집안일 능력이 어쩌면 장래에 내 심심풀이가 되어 줄지도 모른다.

버터를 녹인 프라이팬에 풀어진 달걀을 넣는다. 촤악, 하고 튀는 듯한 소리가 난 뒤 젓가락으로 휘저어 섞었다.

내 발치에서 덜그럭, 하고 식기가 구르는 소리가 났다. 냐아의 식사가 끝난 모양이다.

"네 몫은 없어."

프라이팬을 흔들면서 달걀의 모양을 다듬는다. 하얀 접시에 담고 냉장고에 남아 있던 방울토마토를 곁들이자 왠지 모르게 그럴듯한 음식이 완성되었다.

"좋군. 냐아, 이거 좀—어라?"

발치에는 텅 빈 접시만 남아 있을 뿐, 냐아의 모습은 없었다.

"나 참, 야박한 녀석."

냐아가 없는 주방은 조용하다. 시끄럽게 구는 고양이도 아닌데, 있고 없고가 전혀 다르다.

내가 만든 것 중 가장 잘 만들어진 오믈렛이었지만, 혼자 먹는 오믈렛은 퍼석퍼석한 식빵보다도 맛있게 느껴지지 않았다.

반쯤 먹고, 나는 젓가락을 내려놓았다.

'혼자서 먹는 것보다, 둘이서 먹는 편이 맛있어'라고 한 후타바 하루카의 얼굴이 머릿속에 떠올랐다.

장마가 서쪽 지방부터 찾아 내려오기 시작했지만, 아직 내가 사는 곳까지는 닿지 않았다.

구름 하나 없는 푸른 하늘에 햇볕이 내리쬐는 오후. 2학년은 종합 학습이라는 명목으로 원치 않게 학교 밖을 걷고 있었다. 그렇다고 버스나 전철을 이용할 정도로 멀리 이동하는 것은 아니고 움직이는 범위는 학교에서 반경 2km 정도. 게다가 점검 지점을 돌면서 쓰레기를 줍고, 확인 도장을 받아 학교로 돌아가서는 주운 쓰레기의 양의 무게로 서로가 겨룬다는 이해하기 어려운 일에 억지로 참여하고 있었다.

올해로 16회째인, 전통이라고 말하기 어려운 어중간한 행사는 더위 탓도 있고 해서 대부분 의욕이 없었다.

그래도 귀찮은 일은 얼른 끝내 버리자는 사람도 있는가 하면, 진심으로 임하여 가능한 많은 쓰레기를 모으려는 성실한 사람도 있다. 결국, 여러 의도가 뒤섞인 학생들의 줄은 시작 지점에서부터 세로로 길게 뻗어 있었다.

두 번째 점검 지점에 가까워졌을 무렵에는 내 앞뒤에 다른 학생의 모습은 없었고, 나무 그늘 밑에 둔 접이식 의자에 앉아 머리를 꾸벅거리며 조는 선생님뿐이었다.

"……키치라쿠 선생님."

"응? 아, 으응. 미안하다."

선생님은 조건반사처럼 도장을 손에 들었다.

일단 업무 중이라는 자각은 있는 모양이다.

"후지쿠라, 여전히 나른해 보이는구나."

"선생님만큼은 아니에요."

"오늘은 더우니까 말이지."

미묘하게 어긋나 있지만, 어차피 의미 없는 대화다.

티셔츠 차림인 키치라쿠 선생님은 평소의 가운을 입고 있지 않으면 교사로 보이지 않았다.

"후지쿠라는 시원해 보이는 얼굴이구나."

그야 선생님보다는 지방이 적으니까요.

내 시선을 느낀 건지 선생님은 팡, 하고 북을 치는 듯한 소리를 내며 배를 두드렸다.

"여름이 다가올수록 맥주가 맛있어지더라."

"추워지면 따끈하게 데운 사케가 맛있다고 하실 거면서."

"아니, 나는 겨울에도 맥주가 좋단다."

그러면 여름은 관계없잖아, 라고 생각했지만 어차피 이것도 의미 없는 대화다.

도장이 찍힌 카드를 건네받았다.

다음 점검 지점을 향해 나아가려는 찰나에, 선생님은 "후지쿠라."라며 날 불러 세웠다.

"왜요?"

"친구…… 아, 후지쿠라한테는 없나."

도저히 교사라고는 생각되지 않는 대사를 내뱉는 키치라쿠 선생님은 작은 아이스박스를 뒤졌다. 그 안에는 선생님의 배를 성장시키는 원료를 숨기고 있는 게 아닐까 싶을 정도로 캔이 가득 들어차 있었다.

선생님 말이 틀린 건 아니니까, 나는 순순히 인정했다.

"그러네요."

"괴롭힘이 있다면 말해라. 어디까지 힘이 될 수 있을지는 모르지만 말이다."

"그럴 일은 없다고 생각합니다만."

"알고 있어. 후지쿠라, 너 같은 경우는 혼자가 되는 걸 스스로 바라는 거겠지."

놀랐다. 지금까지 개인적으로 이야기한 적이 없었기에 선생님이 나를 지켜보고 있을 거라고는 상상도 못 했다.

선생님은 맥주가 아니라 캔커피를 꺼냈다.

"친구를 만드는 편이 좋다고 말씀하고 싶으신 건가요?"

캔을 따려고 하는 선생님의 손이 멈췄다.

"그런 말 한 적 없다. ─뭐, 대부분의 교사는 그렇게 말하려나."

"그렇겠죠."

여태껏 내가 접해 왔던 어른들은 한 명도 빠짐없이 '친구는 소중하다'라고 말했다. 물론 그렇게 충고하는 마음도 이해 못 하는 것은 아니다.

어렴풋한 기억이지만, 내게도 친구와 보낸 즐거운 추억

정도는 있다.

하지만 그 이상으로 친구와 함께 있을 때 느껴지는 갑갑함도 알고 있다.

"친구라는 건 만든다고 해서 마냥 생기는 것도 아니고, 또 있으면 있는 대로 성가신 경우도 있으니까 말이다. 후지쿠라, 네 마음대로 하면 돼. 그래도 학교 행사 때 정도는 누군가와 함께 걸어도 괜찮잖아? 그러는 편이 이런 귀찮은 일도 조금은 즐길 수 있다고."

—귀찮다니…….

내가 어이없어하고 있자, 키치라쿠 선생님은 커다란 하품을 했다.

"교사가 그래도 괜찮은 거예요?"

"괜찮지는 않지."

"그러면 그건 곤란한 발언이 아닐지……."

"후지쿠라 너밖에 없으니까, 네가 말하지만 않으면 안 들켜."

자, 하며 아이스박스에서 꺼낸 오렌지주스를 내게 던졌다.

"뇌물이다. 받아 둬."

"이런 거 안 줘도 아무한테도 말 안 해요."

"정 필요 없으면 다른 사람한테 줘. 조금 전에 후타바가 여기 지나갔거든. 서두르면 따라잡을 수 있지 않을까?"

이 사람은 어디까지 알고 있는 걸까.

아마 후타바 하루카와 같이 있는 모습은 봤을 것이다. 우리 사이에 무슨 일이 있었는지—아무 일도 없이 내 쪽에서 멀어진 것까지는 모르겠지만.

"딱히 걔하고는……."

"저쪽도 혼자였어."

"혼자?"

이상하다. 평소에는 여자애들 넷이서 어울려 다니니까 혼자일 리 없을 텐데.

"선생님- 도장 찍어 주세요-."

뒤쪽에서 여자애들 세 명이 팔을 흔들며 몹시 들뜬 기색으로 다가온다.

그 뒤에도 줄줄이 와서, 선생님은 의자에서 일어섰다.

"전부 나눠줄 정도로 많이 있는 건 아니니까 어서 가."

"제가 받고 싶다고 한 건 아닌데요……."

선생님은 훠이 훠이, 하고 나를 쫓아냈다.

여기 머물러 있어 본들 어차피 의미 있는 대화는 할 수 없을 것 같았기에 나는 다음 점검 지점을 향해 걷기 시작했다.

강둑은 가려주는 것이 아무것도 없어서 햇빛이 그대로 내리꽂힌다.

과연 그렇군. 분명 키치라쿠 선생님은 매년 내리쬐는 이런 햇볕에 제대로 된 사고 회로가 타 버린 게 아닐까.

차라리 나도 햇볕에 불필요한 힘이 전부 타 버리면 좋을 텐데.

물론 그런 걸 바란다고 해서 이루어질 리도 없고, 가능한 것이라면 한시라도 빨리 교실에서 시원한 바람을 쐬기 위해 서두르는 정도다.

나는 아까 전보다도 걸음을 서둘렀다.

강둑을 걷고 있자 사악, 하는 소리가 나며 강가에 무성한 풀이 흔들렸다.

새나 작은 동물인가? 너구리를 봤다는 이야기도 있고, 뱀이 나왔다는 소문도 들은 적 있다.

뱀은 싫은데, 하고 생각하면서도 도리어 보고 싶다는 흥미가 앞섰다.

자세히 보니, 풀 속에서 파란색 학교 체육복이 보였다.

"어…… 후타바?"

이름이 불려 반응한 건지 무성한 풀 속 그늘에서 파란색 체육복이 나왔다. 그녀가 이쪽을 올려다보며 미소로 대답했다.

"아, 역시 히지리다."

그런 심한 말을 했는데, 어째서 나에게 미소를 지을 수 있는 걸까.

나도 모르게 말을 걸어 버렸지만, 무슨 말을 하면 좋을지 모르겠다. 그렇다고 도망칠 수도 없는 노릇이다.

어색함을 지우고 싶어서, 빈정거리는 듯한 말이 입 밖으로 튀어나왔다.

"또 강에 들어갈 생각이야?"

이래서는 더더욱 어색해진다.

"오늘은 강에 안 들어갔어. ……강둑에서 굴러떨어진 것뿐이거든."

그녀는 화내고 있지 않았다.

그저 꾸중을 들은 어린애처럼 부루퉁해져 있었다.

"굴러떨어졌다니, 왜 또……. 오늘은 시야도 좋은데."

호우 · 폭풍 경보가 발령되었을 때처럼 악천후라면 또 모를까, 평범하게 걷다가 어떻게 강둑에서 굴러떨어지는지 이해할 수 없었다.

"주워 주세요."

"……뭐?"

"풀숲에 걸려 있던 종이가 보여서 뭘까 싶어서 몸을 내밀었더니 떨어져 버렸어. 그래서 말이야, 이건 어쩌면 렌노스케의……."

"렌노스케?"

"응, 우연일지도 모르지만."

대체 무슨 소릴 하는 걸까. 강둑 위쪽과 아래쪽은 거리가 있어서 소리가 잘 들리지 않는다. 내가 경사면을 내려가자 강가에 쪼그려 앉아 있던 그녀가 너덜너덜한 종이를 내밀었다.

"이거…… 어떻게 생각해?"

종이에는 '아기 고양이입니다. 주워 주세요. 죄송합니다.'라고 매직으로 적혀 있었다.

초등학교 저학년이 쓴 건지 글자는 히라가나뿐이고, 크기도 들쭉날쭉했다. 하지만 그 마음은 충분히 전해졌다.

"글쎄, 어떠려나. 다른 곳에서 날아왔을지도 모르고, 가령 이 종이가 렌노스케 것이라고 한다면 어째서 폭풍이 치던 날에……."

아니, 그 전날부터일 가능성도 있다. 한번 젖었다가 마른 듯한 종이 상태를 보면 그렇게 생각하는 게 타당할지도 모른다.

주운 고양이를 집에 데려가 부모님에게 부탁했지만, 역시나 부모님의 반대로 다시 버릴 수밖에 없게 되었고 이후 폭풍이 몰려왔다.

전부 억측에 지나지 않지만, 만약 그렇다면 후타바 하루카의 선택은 옳았던 것이 된다.

"……상자째 없어졌으니까 안심했으려나."

"뭐가?"

"새끼 고양이를 이곳에 둔 아이가 폭풍이 지나간 뒤에 보러 왔을지도 모른다고 생각했어."

그녀가 "헤에-."하고 얼빠진 목소리를 냈다.

"뭐."

"아니, 히지리가 그런 것까지 상상할 줄이야…… 조금 의외였어."

"잘못됐냐."

"잘못은 아냐. 말려들게 해서 미안하게 생각하고 있으니까, 그런 식으로 생각해 준 게 기뻐서. ―고마워."

얼굴을 똑바로 마주 보고 고맙다는 말을 들은 바람에 나는 부끄러워졌다.

"먼저 간다."

"뭐어-? 나 버리지 마. 떨어졌을 때 다리를 조금 삔 것 같아. 스마트폰도 없고, 곤란하던 차에 말을 걸어 줘서 히지리가 구세주로 보였다구."

"그건 일방적인 네 생각이고."

"그런 말 말고 도와줘."

"……선생님 불러올까?"

오늘 행사에 스마트폰 소지는 허락되지 않았다. 물론 지키지 않는 사람이 더 많지만, 나와 그녀는 소수파였던 모양이다.

별로 도움은 안 될 것 같지만, 키치라쿠 선생님이라면 근처에 있다. 선생님이라면 스마트폰도 가지고 있겠지.

"아니, 그렇게 심하지는 않으니까 평탄한 길이라면 괜찮을 것 같아. 비탈길이 조금 힘들어서."

확실히 강둑과 강가를 잇는 경사면은 꽤 가파르다. 멀리 돌아가면 계단도 있지만, 그건 그것대로 힘들다.

"평소 같이 다니던 세 명은?"

"으음- 한 명은 감기로 결석, 다른 한 명은 쓰레기를 줍자마자 손을 슥 베여서 병원행, 또 다른 한 명은 미화 위원이라 일찍 도착해서 선생님을 돕느라 처음부터 따로 행동했어."

"훌륭할 정도로 제각각이네."

"정말, 모처럼의 이벤트인데."

모처럼이라고 생각하는 사람이 있다는 사실에 놀랐다. 선생님조차 귀찮다는 말을 내뱉는 이 행사를 즐기려 하고 있다는 게 대단하다.

"아는 사람이 지나가면 도움을 요청하려고 생각했었어. 그랬더니—."

"내가 말을 건…… 건가."

"그래! 찾아준 게 히지리라서 다행이야."

"어?"

—나라서 다행?

당황하는 나를 내버려 둔 채 그녀의 대화는 계속됐다.

"그러니 도와줄 수 없을까? 아니면 짐이라도 들어주면 고맙겠는데."

"으음……."

대답하기 곤란해하자, 후타바 하루카는 "이런 부탁해서 정말 미안해."라며 양손을 모았다.

아무래도 그녀는 내가 돕는 걸 꺼리고 있다고 착각한 듯하다.

하지만 내가 곤혹스러워하고 있는 건 나라서 다행이야,

라는 말 때문이다.

내가 상관하지 말라고 일방적으로 선언했으니 화를 내도 이상하지 않은데…….

"강둑 위까지면 되니까, 부탁해."

"어어, 응…… 그, 아니, 그건 별로 괜찮은데."

무슨 말을 하면 좋을지 몰랐던 나머지, 나는 가지고 있던 주스를 내밀었다.

"줄게."

"어째서?"

"안 좋아해."

"거짓말! 앗."

그녀가 자기 입을 막았다.

"히지리는 거짓말 안 하지."

"……뭐, 그렇지."

"그래도 먹지 못할 정도로 싫어하는 것도 없다고 했지?"

어째서 여자는(미즈노 씨를 여자 카테고리에 넣어도 괜찮은 건지 모르겠지만) 별로 중요하지 않은 것도 기억하고 있는 걸까.

남녀의 차이를 말하기에는 너무나 미숙하지만, 영원히 메워지지 않는 틈을 알게 된 느낌이 들었다.

"응. 하지만 입에 댈 수 없을 정도로 싫어하는 건 아니어도, 즐겨 먹지 않는 건 있다고 생각해."

"맞아, 있지. 기분은 내키지 않지만 먹어도 나쁘진 않겠다, 같은 느낌?"

"나한테는 오렌지주스가 그런 느낌이야."

거짓말은 아니다. 오렌지는 좋아하지만, 주스는 정말로 껄끄럽다.

"그건 알겠는데, 그러면 왜 좋아하지도 않는 오렌지주스를 가지고 있는 거야?"

그러고 보니 다른 학생은 받지 않았을 터다.

선생님 이름을 꺼내면 죄송하려나? 하고 생각한 건 2초 정도. 그 사람에게 의리를 세울 필요는 없다고 생각을 바로 고쳐먹었다.

"조금 전에 키치라쿠 선생님한테서 받았어."

"왜?"

설명할 수 없는 게 아니라, 정말 사소해서 설명하는 게 귀찮았다.

"그건 깊게 생각하지 않아도 돼."

내가 자, 하고 건네자 그녀는 "그러면 사양 않고 받을게"라며 오렌지주스를 받아 들었다.

아이스박스에서 꺼내고 나서 시간이 조금 지난 탓에 캔은 미지근해져 있었다.

“그래도 정말 별일이네, 오렌지주스를 꺼리는 사람도 있다니. 아! ……그러면 오렌지 필링이 든 초콜릿도 사실 별로였어?”

“별로였으면 그때 말했을 거야.”

그것도 그런가, 하고 납득해 준 그녀는 어지간히 목이 말랐는지 캔을 따고 기세 좋게 마셨다.

다 마신 그녀는 푸하– 하고 손으로 입을 닦았다. 호쾌한 모습은 오렌지주스보다도 맥주 쪽이 더 어울릴 것 같았다.

“아재 소질이 다분하네. 키치라쿠 선생님이랑 잘 맞을지도 모르겠다.”

“뭐어–? 아무리 그래도 그건 싫어. 게다가 나는 아줌마도 안 될 거니까. 영원한 여고생이야.”

“그건 무리지. 누구든 나이 먹으면 아저씨, 아줌마잖아.”

“나는 나이 안 먹는걸.”

터무니없는 소리다. 그런 사람은 없다.

하지만 그녀에게서는 거짓말은 보이지 않는다.

다만 그게 농담인지, 진심으로 나이를 먹지 않는다고 생각하는 건지, 그것도 아니면 내가 아직 그녀를 좋아하지 않는 건지…….

거짓말이 보이는 경계선은 내 일이지만 나도 잘 모른다.

마음속에 척도가 있어서 80%를 넘으면 거짓말이 보입니다, 라든가 거짓말이 보일 때까지 앞으로 5%밖에 남지 않았습니다, 라고 알려 주면 좋을 텐데.

"하아……."

"왜 그래? 어디 안 좋아?"

"아냐, 그보다 이곳에 더 머물러 있어도 의미 없으니까 슬슬 가자."

손을 내밀자 후타바 하루카는 망설이지 않고 잡았다.

그녀의 체온이 손바닥으로 와 닿자, 내 체온은 단숨에 상승했다.

그런 내 마음도 모르고 그녀는 시원한 표정을 짓고 있었다.

"이 캔도 주운 쓰레기라 쳐도 괜찮을까?"

"괜찮지 않을까, 근데 그 다리로 계속하려고?"

"천천히 하면 문제없어."

"다쳤다고 말하면 빠질 수 있어. 게다가 선생님 차로 도착 지점까지 논스톱."

"에-? 어째서 빠지는데? 즐겁잖아, 모처럼 히지리랑 같이 걸을 수 있고."

두근거렸다.

나쁜 기분이 들지 않는다. 아니, 기분이 좋아지고 만다.

다만, 들떠 있을 수만은 없다. 그녀는 내게 있어 위험한 존재라는 건 자각하고 있으니까.

그래도 이 손을 놓고 싶지 않다.

그래서 나는 바란다.

부디, 그녀에게서 거짓말이 보이지 않기를—.

끊겨 있던 메시지는 그날 밤, 후타바 하루카로부터 부활했다.

보내도 괜찮을까 하는 고민으로부터 안도한 것과 동시에, 진 것 같은 느낌이 들어 조금 분했다.

하지만 기쁘다는 마음이 훨씬 더 컸다.

그녀가 보낸 메시지는 예전처럼 미소가 절로 지어지는 린노스케 사진과 지금까지 못 했던 이야기가 곁들여져 있었다. 어제 봤던 TV 프로그램 감상이라든가, 학교에서 열

받았던 선생님 이야기라든가, 새로 발매된 초콜릿에 관한 세세한 설명이라든가.

기본적으로 별것 아닌 내용이었지만, 전보다 거리가 가까워진 것처럼 느껴졌다.

그녀가 보낸 현재 고민거리는 과자 소비량과 비례하는 체중인 모양이다.

'과자를 너무 많이 먹었다는 건 나도 인정해.'

그녀에게 다이어트의 필요성은 느껴지지 않았지만, 여자는 늘 '살쪘다' '말랐다'를 입에 달고 산다는 것쯤은 알고 있다.

근데 그런 건 보통 여자애들끼리 이야기하지 않나. 내게 무슨 의견을 구하고 있는 걸까.

생각해도 답이 나오지 않아 30분 이상 고민한 뒤, 결국 느낀 그대로 문장을 보냈다.

'너무 많이 먹는다는 자각이 있다면, 그만 먹지 그래?'

송신한 직후에 대답이 왔다.

'초콜릿이 이 세상에서 사라진다면 그럴게.'

그런 일은 있을 수 없다. 게다가 그 직후에,

'사실 오늘도 사와버렸어.'라며 크랜베리 초콜릿이라고 적힌 패키지 사진을 보내왔다.

먹는 건 줄이고 싶지 않다. 하지만 살은 빼고 싶다. 그렇다면 답은 하나밖에 없다.

'그냥 운동을 하는 건 어때?'

'역시 그것밖에 없겠지. 배드민턴이랑 테니스랑 탁구, 어느 게 좋아?'

왜 내가 고르게 하는 거야?

그렇게 생각하면서도 대답했다.

'테니스가 제일 많이 뛰지 않나? 코트도 넓고.'

'알았어. 히지리는 라켓 가지고 있어?'

'왜 나한테 그걸…….'

거기까지 입력하고, 보내기 전에 알아차렸다.

후타바 하루카는 전학을 와서도 반에 곧잘 녹아들었고, 남녀 가리지 않고 다른 사람들과 잘 어울린다. 성적도 나쁘지 않아 보이고, 프린트가 분실되었을 때처럼 사소한 증거만으로도 명확한 추리를 할 만큼 머리도 좋다.

하지만 가끔 이야기를 비약한다. 나는 웃으면서 답장을 보냈다.

'안 가지고 있으니까 빌려줘.'

다음 날 방과 후, 우리는 학교에서 두 정거장 떨어진 시민 코트에 갔다.

평일 저녁이라 그런지 공을 쫓고 있는 건 대부분 부활동으로 나온 중고등학생들이었고 "괜찮아, 다음번엔 잡을 수 있어!" "한 점 리드!" 등, 학교 시합처럼 응원 함성이 오가고 있었다.

우리는 그걸 곁눈질하며 고양이가 공을 가지고 노는 수준으로 놀았다.

그렇긴 해도 그녀는 어느 정도 경험이 있는 모양이라 코트 안으로 공을 보낼 수는 있었다. 반면에 나는 완전한 초심자. 랠리는 거의 이어지지 않고, 대부분의 공은 예측 불가능한 방향으로 날아갔다.

한 시간 정도 치고, 우리는 코트에서 나왔다.

시합을 하고 있는 쪽의 관중석으로 가자 후타바 하루카는 쓰러지듯 주저앉았다.

"미안, 나 때문에 엄청 뛰게 했네."

"아냐, 그게 목적인걸. 사과하지 마. 그냥, 요즘엔 금방 지치는 거 같아. 나이를 먹어서 그런가?"

잠시 후 호흡이 안정되자 그녀는 페트병을 위로 치켜들어 올리며 스포츠음료를 마셨다. 한 병 더 사올까 하고 고민하는 옆모습은 기분 탓인지 봄철 때보다 가냘프게 보인다. 역시 다이어트 같은 건 필요 없어 보였다.

"테니스도 오랜만이어서 힘들었지만 그래도 즐거웠어."

"혹시 전에 학교에서 테니스부였어?"

"설마. 그랬다면 더 잘했겠지. 부모님 취미에 어울린 것뿐이야."

"부모님이 테니스를?"

"응, 그걸 계기로 만났대. 지금도 두 사람이 같이 코트에 가."

"……사이가 좋으시네."

하늘에는 아직 붉은빛이 남아 있었지만 공을 쫓기에는 어둑어둑하다. 조명이 켜진다.

조명이 밝혀진 코트에서 초등학생 남자아이가 어른을 상대로 테니스를 치고 있었다.

"잘하네, 저 애."

그녀도 같은 남자애를 보고 있었던 모양이다.

"그러게. 3학년 정도로 보이는데."

"장래 희망이 테니스 선수이려나."

오른쪽으로, 왼쪽으로. 앞으로, 뒤로. 우리가 넓게 느꼈던 코트에 작은 몸이 활발하게 움직인다.

뜻대로 되지 않는지 가끔 분한 듯한 목소리를 높인다. 하지만 소년은 포기하지 않고 다시 공을 쫓고 있었다.

"초등학교에 막 입학했을 때였나. 나는 수의사가 되고 싶었어."

"테니스 선수는 지금부터 하면 어렵겠지만, 수의사를 포기하는 건 아직 이르지 않아?"

"그럴지도 모르지만, 소라노스케 일을 겪고 나니까 나한테는 무리라고 생각이 들었어. 성적이 힘들다는 것도 있지만."

쓴웃음을 짓는 그녀는 지금은 수의사를 꿈꾸지 않아, 라고 덧붙였다.

"히지리는? 어릴 적에 뭐가 되고 싶었어?"

사람들을 기피하면서부터, 마음속에서 미래의 꿈을 그리지 않게 되었다. 하지만 그 전에는 내게도 아주 약간 꿈을 꾸는 시기가 있었다.

"무척 어렸을 적이라면."

"뭔데?"

정말로 어렸을 적의 꿈이니까, 지금 입에 담는 건 부끄럽다.

"아니, 뭐……."

"어렸을 적이잖아? 지금 건 묻지 않을 테니까, 가르쳐 줘."

그녀는 반짝이는 눈으로, 내가 입을 여는 것을 기다리고 있었다.

냐아에게 재촉당하고 있는 듯한 느낌이 들어서, 그 기대에 부응하고 말았다.

"……전대 히어로."

웃으려면 웃으라지.

체념하고 넉살 좋은 태도를 취하고 있었더니, 예상외로 그녀는 "색깔은?"이라고 질문을 계속했다.

"블루……."

"생일이나 크리스마스에 변신 장난감 사 달라고 했어?"

"……응."

"그렇구나. 히지리 소년은 정의의 편이 되고 싶었구나."

"안 웃어?"

"어째서? 세상을 구하는 히어로는 멋있잖아. 게다가 만약 웃는다면 내 쪽이 더 웃길 거라고 생각해. 유치원 때는 크면 고양이나 토끼가 되는 게 꿈이었으니까."

"인간조차 아니네."

"그건 전대 히어로도 마찬가지라고 생각해."

그녀는 입술을 삐죽 내밀었다.

“후타바는?”

“그러니까, 고양이나 토끼.”

“옛날이 아니라, 지금.”

그녀가 평소의 표정으로 돌아왔다. 턱에 손을 대고 먼 곳을 보는 것처럼 눈을 가늘게 뜬다.

“막연하지만, 과자랑 관련 된 일을 하고 싶어.”

“파티시에?”

“아니. 장인이랑은 조금 다르게, 연구라든가 개발 같은 거. 고온에서도 녹지 않는 초콜릿이라든가, 먹어도 살찌지 않는 과자라든가.”

그녀답다고 생각했다. 경찰관보다도 어울린다는 느낌이 들었다.

그리고 약속대로 그녀는 지금의 내 꿈을 묻지 않았다.

무엇보다 물어본들 대답할 방도가 없었다. 굳이 말하자면 혼자서 살아갈 수 있는 일을 하는 것. 그런 게 있다면 뭐든 좋다.

한 가지 더 바라는 것이 있다면 그것은, 여자한테는 매우 쉬운 일이지만 남자에게 있어서는 10층짜리 빌딩을 넘는 수준이다. 도저히 이룰 수 있을 것 같지가 않다.

아니, 이루어져서도 안 된다—고 생각하고 있다.

계기는 후타바 하루카가 스마트폰 앱으로 린노스케의 귀를 세계에서 제일 유명한 생쥐처럼 둥글게 만든 사진을 보낸 것이었다.

고양이인데 생쥐인 건 방향성이 잘못되었다고 내가 지적했더니 이야기는 그쪽으로 흘러가게 되어, 그녀는 그 캐릭터로 넘쳐나는 테마파크의 즐거움을 사진까지 첨부하면서 말하기 시작했다.

한 번도 가본 적이 없는 나는 적절한 대꾸를 할 수가 없어서 그날 밤 대화는 그걸로 끝났다.

다음 날, 점심 식사를 마치고 옥상으로 온 그녀는 입을 열자마자 가장 먼저 "정말로 한 번도 가본 적 없어?"라고 숨을 헐떡이며 물었다.

"없어."

"의심하는 건 아닌데…… 조금 믿기지 않아서."

그녀는 멸종위기 동물을 앞에 둔 것 마냥 나를 본 뒤, 선거전 마지막 날의 입후보자처럼 역설했다.

"한 번 정도는 가보는 게 좋아! 국민의 의무니까."

그럴 리가 있냐— 라고 생각했지만, 반론해 봤자 헛수고라는 건 알고 있다.

긴 방학이 지난 뒤 교실에서는 친구가 없는 나에게도, 그곳에서 놀고 왔다는 주변 이야기가 들려오거나, 캐릭터가 인쇄된 선물 봉투가 오가는 모습을 몇 번이나 봤기 때문이다.

물론 이벤트가 있을 때마다 TV에서도 특집 방송을 편성하기에, 한 번도 가본 적 없는 나 역시 조명에 비추어진 성을 본 적이 있다.

"말은 그렇게 해도…… 엄청나게 사람이 붐빌 것 같은 이미지라서."

"응, 시기에 따라 다르지만 내가 갔을 때는 인기 많은 놀이기구는 180분 정도 기다렸었던가. 팝콘 사는 데만 60분 이상 줄 설 때도 있지만, 그래도 즐거워."

"그 이야기의 어디에 즐거움이 있는지 모르겠는데…… 아니, 그보다 어째서 180분이라고 해? 보통 세 시간이라고 말하지 않아?"

"듣고 보니 그러네. 하지만 테마파크 안에서 표시해주는 게 시간이 아니라 분이니까. 나도 경험해본 적은 없지만, 최장 500분 기다린 경우도 있다는 모양이야."

"500이라니, ……여덟 시간 이상?"

비행기에 타면 가볍게 해외로 갈 수 있는 시간을 그저 기다리고 있기만 할 뿐이라니, 일본인은 대단하네, 하고 다른 나라 사람처럼 느껴졌다.

국민의 의무라고까지 말했던 후타바 하루카조차 아무리 그래도 그건 인정할 수밖에 없는 모양이다.

"확실히 길긴 해. 그 때문에 싸우는 사람도 있고. 연인 사이는 물론이고 친구 사이에서도 자기들끼리 뭐가 잘 안 되는지 짜증내거나 하는 걸 본 적 있어. 화장실조차 바로 들어갈 수 있는 경우도 드물고 말이야."

"그건 싸우게 될 만도 하네."

"하지만 재밌어."

"그럴지도 모르지만, 그런 이야기를 들으면 초심자인 나한테는 벽이 너무 높아보여서 테마파크 갈 기회는 영원히 없을 것 같아."

내가 넌덜머리를 내며 말하자, 그녀가 갑자기 머리를 감싸 쥐었다.

"아– 실수했다–."

"뭐가?"

"이야기를 끌고 가는 방식이 잘못됐다고 생각했어. 부

정적인 것을 먼저 말해버리면 가고 싶어질 리가 없는데, 내가 무슨 짓을 한 거람—."

어째서 그녀가 후회하는 모습을 보이는지 모르겠다. 그녀는 잠시 머리를 감싸 쥔 뒤, 불쑥 말을 꺼냈다.

"있어. 입장권 두 장."

그녀의 말에 따르면 친척으로부터 주주 우대 입장권을 두 장 받았다고 한다.

처음에는 친구에게 권하려고 했는데, 어제 내가 한 번도 간 적이 없다는 말을 들은 순간부터 나를 데리고 가야만 한다는 영문을 알 수 없는 사명감에 불타오르고 말았다는 모양이다.

"1년간 유효한데, 쓸 수 있는 기간이 이번 달까지거든. 친척…… 숙모께서 주주인데 언젠가 가겠지 하고 내버려 둔 사이에 일정조차 못 맞추게 돼서, 이대로 못쓰게 되면 아깝다고 내게 주셨어."

"……그렇구나."

"아, 그래도! 린노스케 귀에 손댄 건 딱히 이렇게 끌고 가려고 의도 한 건 아니었으니까. 재미있는 앱을 발견해서 그랬던 거고……."

후타바 하루카가 아래쪽에서 내 반응을 살펴보는 듯이

나를 보고 있다.

거짓말은 하고 있지 않다……고 생각된다.

필사적인 모습이 마치 식사를 조르는 냐아 같아서, 귀엽게 느껴졌다.

"항상 그렇게 사람이 많아?"

"날을 잘 고르면 나름 덜 붐비긴 하는데……. 그, 역시 싫지?"

"세 시간이나 줄을 서는 건 싫어. 하지만 흥미는 있어."

"정말? 무리는 하지 마. 아마 같이 가자고 하면 가줄 사람도 있을 테고, 없으면 혼자서라도 갈 수 있으니까. 싫다면 거절해 줘."

강하게 밀어붙이나 싶더니만 다시 소극적으로 변한다.

아마도 그녀는 내게 정말로 무리를 강요 할 생각은 없는 듯하다.

순수하게 자기가 즐거우니까, 같이 즐기고 싶어서 권해 주는 것 같다.

그런데 그 기대는 생쥐 마스코트에 대한 애정에서 오는 것일까, 아니면 나와 같이 간다는 것에서일까…….

나를 싫어한다고 생각은 하지 않지만, 좋아한다고 완전히 믿기도 어렵다. 경험이 없는 나는 판단할 수가 없었다.

"싫지 않아."

"무리 하는 것도 아니야?"

"응, 국민의 의무라고까지 말하니까 한 번 정도는 가보고 싶어졌어."

그녀의 얼굴이 환하게 빛났다.

분명 그녀와 함께라면 기다리는 시간조차 즐길 수 있을 것 같은 느낌이 든다.

그 즐거움의 이면에는 위험이 뒤따르고 있다는 것을 알고 있으면서도 나는 이제 손을 뻗지 않을 수 없었다.

지금까지 열 번 이상 갔다고 하는 그녀는 "사실은 평일에 가고 싶은데."라고 말했지만, 아쉽게도 6월의 평일은 전부 학교 수업이 있다. 선택지는 주말밖에 없었다.

숙면을 취하기 어려운 야간 버스를 타서 피로가 다 가시진 않았지만, 목적지에 도착한 후타바 하루카의 모습은 학교에서는 볼 수 없을 정도로 들떠 있었다.

"일기예보에서는 비가 올지도 모른다고 했는데 맑아서 다행이야. 예상했던 것보다 사람도 적고."

개장 전인데도 이미 줄이 늘어서 있다. 그런데도 사람이 적다고 하는 건가.

얕보고 있었다. 이른 아침에 버스가 도착했기 때문에 아무도 없을 거라고 생각했는데, 주차장에는 차가 늘어서 있었고 우리처럼 전국 각지에서 밤사이에 이동한 사람들이 졸려 보이는 눈으로 개장을 기다리고 있었다.

그녀는 여러 번 써 왔던 지도를 펼치고, 계획을 재고하기 시작했다.

"히지리, 희망 사항 같은거 있어? 이것만큼은 꼭 타고 싶다든가, 반대로 이것만큼은 싫다든가. 아니면 이벤트 쇼를 중심으로 본다든가, 반대로 스릴 만점 놀이기구를 완전 제패하고 싶다든가."

"고소공포증도 없고, 어두운 곳을 무서워하는 것도 아니니까…… 오히려 가능하다면 전부 즐기고 싶어. 이런 기회는 이제 없을지도 모르고."

"에이, 호들갑은. 즐겁다면 다음에 또 오면 되잖아."

"……그러네. 그런데 나는 어떻게 돌아다니면 좋을지 모르겠어."

"그건 맡겨줘! 그럼 대기 시간이 어느 정도 걸리는 놀이기구를 효율 좋게 타고다니면서, 세세한 곳을 공략해 나갈까. 도중에 히지리가 흥미 있는 걸 발견하면 알려줘."

입장한 뒤 나는 작은 어린애처럼 후타바 하루카의 뒤를 따라 걸어갔다.

첫인상은 TV에서 봤던 장소였다.

캐릭터 의상을 입은 어린 아이들도 있고, 똑같은 모양의 머리띠를 쓰고 있는, 우리와 동갑 정도로 보이는 여자애들도 있었다.

그런 광경을 보면서 후타바 하루카에게 이끌려가는 나도 신기하게 점차 기분이 들뜨기 시작했다.

인기가 많다고 하는 놀이기구는 근처를 지났을 때 이미 70분을 기다려야 한다는 표시가 떠 있었다.

"아, 정말 분으로 표시하네."

"그런 걸 보는 게 즐거워?"

"즐겁다고 할까…… 실제로 보게 되니까 정말로 왔구나 싶어서 감개가 무량하다고 해야 하나."

"저런 건 테마파크 안 곳곳에서 볼 수 있어."

"그렇게까지는……."

후타바 하루카는 쉴 새 없이 이야기했다. 신기한 것에 대한 감상이나, 캐릭터에 대한 고찰, 거기다 예전에 왔을 때 일어난 사고 등, 초심자인 내가 질리지 않도록 아무튼 웃게 만들어 주었다.

일요일이었지만 일기예보가 별로 좋지 않았던 덕분인지, 예상보다 인파가 적은 모양이다. 그녀의 계획대로 나아갔다.

팝콘 상자를 목에 매달고는 캐릭터와 사진을 찍은 뒤, 120분 동안 줄을 서서 스릴 계열 놀이기구에 타고, 작은 아이들한테 둘러쌓여 이야기 속 세상을 유람하고, 회전목마나 커피 컵에도 탔다.

퍼레이드 시간이 가까워지자 남들이 모르는 좋은 장소가 있다며 그녀가 앞장섰다.

테마파크 내의 지도가 머리에 들어있는 듯, 발걸음에 망설임도 없어서 평소에는 방향치인 그녀가 지금은 믿음직스러웠다.

"히지리, 빨리!"

그녀가 내 팔을 잡아끌었다.

"그렇게 서두르지 않아도 돼."

"최대한 좋은 장소에서 보여주고 싶어! 지쳤어?"

뒤돌아보는 그녀의 얼굴이 귀엽다.

난처하다. 이제 멈추지 않는다.

이제는 될 대로 되라지 하는 마음도 든다.

"즐거워."

—하루카.

입 밖에 내어 말할 수는 없었지만, 나는 마음속으로 그녀의 이름을 불렀다.

깨달았다. 나는 그녀를 좋아한다.

해가 저물 무렵이 되자 비가 내리기 시작했다.

하늘을 올려다보는 그녀의 옆모습은 몹시 아쉬워 보였다.

"역시 일기예보는 틀리지 않는구나."

"그러게. 하지만 낮 동안에는 즐길 수 있었으니까 운이 좋았어."

날씨가 흐려지면서 테마파크 내의 인구밀도는 줄어들었고, 낮에 넘치던 활기가 희미해져 갔다. 하지만 그것이 쓸쓸하다고 느껴지지 않을 정도로, 이 세계의 밤은 형형색색의 빛으로 가득 넘치고 있었다.

옥상에서 보는 반짝반짝 빛나는 강보다도 몇 배나 눈부시다.

"예쁘다."

"조명에 비춰진 것도 좋지. 여기는 꼭 하루 종일 있는 게 좋다고 생각해. 낮이랑 밤일 때 경치가 다르니까."

그녀는 이 장소를 어지간히도 좋아하는구나 싶었다.

"나이트 퍼레이드와 놀이기구, 어느 쪽이 좋아? 비가 이렇게 내리면 퍼레이드는 우천 한정 버전이 될 거라고 생각하는데."

"우천 한정?"

"응, 이건 이것대로 조금 특별한 느낌이 있어서 즐거워. 물론 달리 하고 싶은 게 있다면 말해줘. 남은 시간은 히지리 희망사항을 들어줄게."

저녁 일곱 시가 지난 참이었다.

내일은 학교 수업이 있으니까 우리가 이곳에 있을 수 있는 건 앞으로 한 시간 정도. 막차를 타는 게 늦어져서는 안 된다는 것은 서로 알고 있다.

단지 아슬아슬할 때까지 이곳에 있으면 집에 도착하는 시간이 자정을 넘길 정도로 늦어진다.

"정말로 내가 원하는 대로 해도 돼?"

"물론이지, 뭔데?"

"그럼…… 돌아가자."

"어, 벌써?"

"응. ……하지만 후타바가 아직 더 놀고 싶으면 시간이 될 때까지 여기 있을게."

나 자신이 싫어진다. 어째서 그녀를 시험하는 거야, 라는 생각이 든다.

하지만 아무리 성실해도 거짓말을 하지 않는 사람은 이 세상 어디에도 없을 것이다.

나는 미안, 이라고 마음속으로 사과하면서 그녀를 바라봤다. 정수리가 보일 정도로 고개를 숙이고 있어서 표정은 알 수 없었다.

우리가 있는 장소만이 조용해졌다. 아이들이 떠드는 소리나 연인들의 즐거운 듯한 대화가 BGM처럼 흘러간다.

이윽고 그녀가 고개를 들었다.

예상과는 달리, 날씨와 정반대되는 한 점 흐림 없는 미소를 지으며 고개를 끄덕였다.

"알았어. 내일은 학교도 가야하니까."

나는 눈을 두 번 깜박였다.

"정말로 괜찮아? 아직 다 놀지 못한 건 아니……."

"아냐, 나는 이제 충분해. 히지리가 희망하는 걸 듣겠다고 했잖아."

인공적으로 반짝이는 조명 속에서, 그녀의 몸은 빛나고 있지 않았다.

진심으로 나 자신이 최악의 인간으로 느껴졌다.

내가 '좋아하는 사람의 거짓말이 보이는' 것은 나 자신의 문제다. 그런데도 내가 안심하고 싶어서—미안.

입 밖에 내어 사과한들 그녀를 난처하게 만들 뿐이다. 진실을 말해 버리면 그녀는 더욱 난처해할 것이다. 나와 함께 있는 한 거짓말을 하지 않도록 계속해서 신경을 써야만 하니까.

나는 다시 한 번 마음속으로 사과했다.

"그럼, 돌아가자."

하루카가 먼저 역 쪽으로 걷기 시작했다.

내가 그녀를 쫓아가다시피 옆에 나란히 서자, 그녀는 "재밌었다-."라고 말했다.

"나도 즐거웠어."

"정말? 지쳐서 이젠 넌덜머리가 난다든가 그런 생각 안 해?"

"안 해. 가능하다면…… 또 오고 싶어."

"다행이다-. 그럼 또 같이 오자."

겉치레로 하는 말이 아니다.

그것이 그녀의 본심임을 나는 믿을 수 있었다.

예년보다 늦게 찾아온 장마 예보를 들은 오늘, 후타바 하루카가 매일 아침 보내오는 린노스케 사진이 오지 않았다.

—늦잠이라도 잔걸까.

월요일 아침이니까 그럴 수도 있겠지.

그렇게 생각했지만 1교시가 끝나고, 2교시가 끝나도 교실에 그녀의 모습은 없었다.

나는 평소에 연락을 하고 싶은 상대도, 늘 보고 싶은 웹사이트도 딱히 없어서 옥상 외에 스마트폰을 보는 경우는 없다.

하지만 이날만큼은 점심시간까지 기다리지 못하고, 3교시 시작 전 쉬는 시간에 연락을 했다.

'오늘 무슨 일 있어?'

쉬는 시간 동안에 답장은 오지 않았다.

그뿐만 아니라 학교가 끝날 때까지 읽음 표시조차 없었다.

나는 대화 내용을 거슬러 올라갔다.

어쩌면 뭔가 그녀가 화날만한 말을 했던 게 아닐까 하고 불안해졌기 때문이다.

주말에는 여느 때처럼 냐아나 린노스케의 사진을 주고받은 것이 메인이었고, 나머지는 사소한 이야기 정도밖에 나누지 않았다.

우산에 맞는 빗소리를 들으며 집으로 돌아오자 현관에서 신발을 벗을 때 즈음 스마트폰이 울렸다.

'뻗어 버렸어…….'

마스크를 쓴 모습의 이모티콘이 연이어 보내져왔다.

'몸조리 잘하고, 편히 쉬어.'

내가 그렇게 답장을 보내자 읽음 표시가 붙었다. 하지만 대답은 없었다.

잠든 걸까?

걱정은 되지만 몸이 좋지 않을 때 부담을 주고 싶지 않아서 나도 그 이상은 보내지 않았다.

다음 날 아침도 그녀에게서 연락은 오지 않았다.

불안해져서 아침 식사 중인 냐아의 사진과 '안녕'이라는 메시지를 보냈다.

곧바로 그녀에게서도 린노스케 사진과 함께 '안녕'이라는 대답이 왔다.

'오늘은 학교 올 수 있을 것 같아?'

'힘들 것 같아.'

'그럼 푹 쉬어.'

'고마워.'

짧은 대화는 고작 1분 만에 끝났다.

교실에 도착하니 딱 하나 비어 있는 자리가 내 시야에 들어왔다.

1학년 때는 누가 쉬든, 신경도 쓰지 않았다. 하지만 지금은 단 하나의 빈자리가 내 학교생활을 따분하게 만들고 있었다.

장마 기간 중 잠깐 나타난 맑은 하늘에 이끌려 점심시간, 옥상에 갔지만 전날 내린 비로 강물은 탁해져 있었다.

그녀에게

'감기는 좀 괜찮아?'

라고 보냈다.

하지만 한동안 기다려도 내 메시지를 읽은 흔적은 없었고, 당연히 대답도 없었다.

어제까지 내린 비로 질척거리는 길과 습도, 강한 햇살로 인한 불쾌지수를 온몸으로 느끼며 집에 도착했다.

사과 주스를 마시며 스마트폰을 열었다. 집에 오는 도중 몇 번이고 확인했기에 알고는 있었지만, 역시나 그녀에게서 온 연락은 없었다.

나는 찬장에서 캔을 꺼냈다. 김을 한 장 꺼내자 어디선가 냐아가 나타났다.

"먹을래?"

우연인지 대답인지는 알 수 없지만, 냐아의 머리가 움직인다.

접시 위에 김을 올려놓자, 맛있다는 듯이 와구와구 먹기 시작했다.

"요새 김을 잘 안줬지."

"냐아—."

약간 화내고 있는 것처럼 느껴지는 건 기분 탓만은 아니리라. 조금 원망하는 듯한 울음소리였다.

"미안. 냐아를 잊고 있었던 건 아니야."

하지만 그녀와 이야기하는 것이 즐거워서, 냐아와 함께 있는 시간이 줄은 건 사실이다.

냐아는 귀엽고, 아무리 좋아하게 되어도 거짓말이 보이지 않는다. 안심 할 수 있다.

하지만 사람처럼 대화를 할 수 없다는 것에 가끔 부족함을 느낀다.

후타바 하루카와 이야기를 하면서부터, 나는 사람에 굶주려 있었다는 걸 깨달았다.

"요전에 말이야, 그녀랑 같이 놀러갔었어."

나는 쪼그려 앉아서 테마파크에서 찍은 사진을 냐아에게 보여줬다. 사진보다 김에 열중하느라 스마트폰 따위 쳐다도보지 않는다.

그래도 나는 멋대로 말을 이어갔다.

"스릴 계열 놀이기구에 탄 건 처음이라 내린 뒤에는 다리가 후들거리더라구. 어렸을 땐 격렬한 놀이기구는 키가 안 돼서 못 탔으니까, 16살에 첫 경험을 한 거지."

초등학교 5, 6학년 때 엄마 아빠와 유원지에 간 적이 있었다.

그 무렵에는 아빠와 엄마의 사이도 서서히 식기 시작해서, 대화가 없는 두 사람 사이에 있는 것이 거북했다.

"내 탓이겠지."

아빠와 엄마는 갑자기 말을 하지 않게 된 나를 병원에 몇 군데나 데리고 갔다. 처음에는 소아과. 다음으로 이비인후과. 뇌신경외과에도 갔다. 하지만 몸의 기능에 이상이 없다는 판단을 받고 마지막으로는 정신과.

학교 심리치료사에게도 상담했고, 정신과에서 소개받은 심리치료사와도 이야기를 나눴다.

하지만 아무리 검사해도 내게는 일반적인 병명이 들어

맞지 않는다. 학교에서 선생님이 질문하면 대답하고, 필요하다면 남들 앞에서 발표도 할 수 있다. 그러니 전문가의 판단은 '이상 없음' 이었다.

그런데도 아무 말도 하지 않는 아들을, 부모는 이해할 수 없었을 것이다.

나는 물이 든 접시를 내밀었다.

"물도 좀 마셔. 목에 달라붙겠다."

냐아는 접시에 얼굴을 박을 것 같은 기세로 물을 마신다. 그리고는 곧바로 또다시 김을 와구와구 먹기 시작했다.

복슬복슬한 털을 쓰다듬고 싶어지지만, 밥 먹는 중에는 싫어하니까 뒷머리를 바라본다.

"어째서 나는 거짓말이 보이는 걸까?"

남의 악의 따위 보고 싶지도 않고, 보인다 한들 좋은 일 하나 없는데 말이다.

"있지, 이유가 뭐라고 생각해?"

냐아는 얼마 남지 않은 김을 우적우적 먹으면서 역시나 대답해 주지 않는다.

스마트폰이 울린다. 그녀에게서 온 메시지였다.

'열이 좀 있어.'

축 늘어져 있는 모습의 이모티콘도 같이 찍혀 왔다.

이건 메시지를 주고받고 있을 때가 아니라, 안정을 취하도록 해주는 게 나을 것 같았다.

'미안, 푹 쉬어.'

그녀는 내가 보낸 메시지를 금방 읽었지만, 대답은 없었다.

"역시 쉬게 가만히 둘걸 그랬나 봐."

스마트폰을 내려놓고 발치를 보니, 빈 접시만이 남아 있었다. 냐아의 모습은 없다.

야박한 녀석, 하고 생각했지만 제멋대로인 녀석인 건 처음부터 알고 있다.

냐아는 예전부터 식사를 끝내면 어딘가로 간다. 지금 곁에 있어 주기를 바라는 것은 내 사정에 불과하다.

또 스마트폰이 울렸다.

'누워 있으면 심심하니까, 연락해줘서 기뻐. 하지만 곧바로 대답하는 건 힘들지도 몰라.'

대답은 신경 쓰지 마, 라고 말할 수 있다면 좋겠지만 그건 거짓말이 된다. 그래서 나는 질문만 했다.

'몸은 좀 어때?"

'어제보다는 조금 괜찮은 거 같아.'

'감기치고는 많이 힘들어 보이네.'

'조금 독하게 걸린 걸지도 몰라. 조금 더 빨리 병원에 가둘 걸 그랬네.'

학교에 왔었을 때도, 저번 주 즈음부터 계속 상태가 안 좋아 보였다.

그저, 괜찮아? 라고 물으면 '걱정도 많으셔'라고 돌아왔기 때문에 특별히 문제는 없을거라 생각했다.

계속해서 메시지가 온다.

'아마 다음 주에는 갈 수 있을 것 같아.'

오늘은 화요일이다. 지금 시점에서 다음주 라니, 걱정이다.

나는 서둘러 답장했다.

'병문안, 가도 돼?'

'미안. 지금은 좀…… 제대로 씻지도 못 했고.'

그 말을 듣고 깨달았다.

'그러네. 이상한 말 해서 미안.'

몸이 좋지 않을 때 타인이랑 만나고 싶지 않은 것은 당연하다. 그 이유는 납득할 수 있고, 거짓말이라는 생각은 들지 않는다.

그래도 나는 불안했다.

얼굴을 보고 이야기하지 않으면 그녀가 어떤 표정을 짓고 있는지 알 수 없다는 것과, 나의 '거짓말이 보이는 힘'은 기계를 통하면 전혀 발동하지 않기 때문이다.

이런 능력 따위 없어졌으면 좋겠다고 생각하는 주제에, 보이지 않으면 보이지 않는 대로 불안했다.

일주일 만에 등교한 그녀는 여느 때처럼 과자를 들고 옥상에 왔다.

"이제 괜찮아?"

"히지리는 걱정이 너무 많아. 냐아짱이 밥을 조금이라도 덜 먹으면 바로 쿠마타 선생님한테 데리고 가는 거 아니야?"

"유감스럽게도 그럴 일은 없어."

"정말?"

"냐아에게 식욕 부진 같은 건 없으니까. 오히려 식사를 조절해야 한다는 주의를 듣는 게 더 고생이라고."

그녀는 눈을 휘둥그레 뜨고는 웃음을 터뜨렸다.

"그건 굉장하네. 우리 린노스케는 꽤 기복이 있거든."

"냐아가 건강한 건 둘째치고……. 조금 야위지 않았

어?"

"그래 보여? 그럼 다이어트 할 필요 없으려나. 신경 안 쓰고 과자를 막 먹어도 괜찮은 거지?"

"애초부터 다이어트는 안 해도 괜찮다고 생각했지만…… 몸이 상하면 의미가 없어."

그녀는 그것도 그러네, 라며 하늘을 올려다봤다. 역시 턱 선이 저번 보다 선명해진 것 같다.

"비가 또 내릴 것만 같아."

"장마가 아직 덜 끝났으니까. 장마가 끝나면 이젠 더워서 곤란해 질 거야."

"이 장소, 여름에는 확실히 덥겠구나."

"작년에는 정말 최악이었어. 그래서 올해는 텐트라도 가지고 올까 하는데, 중장비는 선생님한테 발견될지도 모르니까 난감한 상황이지."

"그거라면 우산이랑 텐트를 합친 듯한 차양을 야외용품 가게에서 본 적 있어. 아마 일반 텐트보다 운반이나 설치도 간단하지 않을까."

"흐음……, 그런 게 있구나. 응, 나중에 검색해 볼게. 잘 아는 구나."

"부모님의 취미로 캠프도 같이 다니니까."

"테니스 아니었어?"

"캠프도 좋아하셔. 대체로 매년 캠핑하러 가. 그리고 캠프장 옆에서 테니스도 치지."

"그건 또 활동적인 가족이네. 올해도 가?"

"어떠려나……. 아직까지는 캠프 예정이 없어서."

가령 내가 가족끼리 캠프를 가고 싶다고 말하면, 엄마와 아빠는 어떤 얼굴을 할까.

일이 바쁘다며 거절당할까, 새삼 무슨 말을 하는 거냐며 놀라실까.

조금 생각해 봤지만 상상이 잘 되지 않았다.

"그건 그렇고, 다음 주쯤에 영화 보러 가지 않을래? 마침 보고 싶은 영화가 개봉하거든."

별일 아니라는 듯이 말을 꺼냈지만, 실은 그녀가 쉬고 있는 동안 줄곧 생각했던 것이었다. 긴장해서 심장이 쿵쾅쿵쾅 뛴다.

"다음 주?"

그녀가 곤란한 표정을 지었다.

아니, 그건 좀 곤란한데, 라며 거부당하는 걸 각오하고 있었는데, 어째서인지 그녀는 아쉬운 듯 미간을 찌푸렸다.

"다음 주는 기말고사 직전이잖아?"

그녀가 스마트폰으로 달력을 확인한다.

확실히 영화가 개봉될 무렵은 시험 직전이라 놀고 있을 여유는 없어 보였다.

"나 이번에 결석이 많아서 시험 힘들지도 몰라."

기말고사는 하루에 세 과목, 나흘간 12과목을 본다.

결석을 하지 않았더라도 힘들다는 점은 변함없기에, 이 시기에 한꺼번에 쉰 그녀가 큰일이라는 건 순순히 납득할 수 있었다.

"그렇구나. 그럼 어렵겠네."

"응."

안심했다. 시험 따위 조금도 기쁘지 않지만, 거절당한 이유가 분명하면 안심이 된다.

그녀가 내게 거짓말을 하고 있지 않다는 걸 알면, 나는 그녀의 곁에 있을 수 있었다.

시험 전이라 하루카는 수면 부족인 모양인지 눈 밑에 다크서클이 생겨나 있었다. 쉬는 시간에도 꽤 다급한 모습으로 교과서와 씨름하고 있다.

비가 계속 내리면 우리는 학교에서 이야기할 장소가 없

다. 연락은 할 수 있지만, 공부를 방해하고 싶지 않아서 아침에 고양이 사진 대결 외에는 보내지 않았다.

그다지 이야기를 나누지 못한 채 주말을 맞이했고, 웬일로 엄마와 아빠가 집에 있기도 해서 나는 방에서 나가지 않고 지냈다.

점심 식사를 끝내고 공부에도 질려서 책상에서 꾸벅꾸벅 졸기 시작했을 무렵, 스마트폰이 울렸다.

잽싸게 달려들다시피 스마트폰을 열었다.

'지금 시간 있어?'

'괜찮아. 뭔데?'

'수학이랑 물리 노트, 보여줬으면 하는데…….'

'결석 했을 때 못한거?'

'응, 미안해. 히지리도 공부하고 있었지?'

'잠들 뻔하던 차였는데 오히려 눈이 떠져서 잘됐어. 조금만 기다려, 지금 사진 찍어서 보내줄게.'

책장에서 노트를 꺼내 펼쳤다. 날짜를 확인하고 있자 다시 착신을 알리는 소리가 났다.

'내 스마트폰 갑자기 상태가 안 좋아져서, 사진을 열어볼 수가 없어.'

"뭐? 그러면 내가 어떻게 하면 되는 거야?"

화면을 보고 있던 나는 무심코 스마트폰에 대고 말을 걸었다.

그 목소리가 전해질 리는 없지만, 곧바로 다시 그녀에게서 메시지가 왔다.

'지금부터 가지러 가도 돼? 복사만 하고 금방 돌려줄게.'

비가 내리고 있다. 게다가 집에는 엄마와 아빠가 있다. 지금 우리 집에 오는 건 그다지 달갑지 않다.

나는 서둘러 답장을 보냈다.

'내가 가지고 갈게.'

'그래서는 내가 미안해.'

'괜찮아. 슬슬 공부하는 것도 지겨워지던 참이었으니까. 집 근처에 편의점 있어?'

'그게, 근처에는 없어.'

울상 짓는 이모티콘도 보내졌다.

'알았어. 그럼 일단 집으로 가지고 갈게. 월요일에 돌려주면 되니까.'

'그러면 히지리가 공부할 수 없잖아?'

'수학이랑 물리면 거의 끝났으니까 상관없어.'

거짓말은 아니다. 원래부터 좋아하는 과목이고, 평소에도 공부하고 있으니까 어떻게든 된다. 오히려 성적이 안 좋은 과목일수록 아슬아슬할 때까지 손을 대지 않는다.

그래도 그녀는 내가 노트를 가지고 오는 건 미안하다며 거절했다.

어떻게 말하면 그녀가 신경을 쓰지 않을까.

나는 조금 생각한 뒤 제안했다.

'그럼 지금부터 내가 복사한 뒤에 집으로 가지고 갈게.'

'그건 더 미안하지! 히지리도 시험공부 중인데.'

'시험공부가 지겨워져서 기분전환을 하고 싶어.'

'하지만…… 비도 내리는데.'

거절하는 목소리의 톤이 조금 누그러진 느낌이 들었다. 조금만 더 밀어붙이면 된다.

'보고 싶어. ……린노스케를.'

얼간이. 겁쟁이.

침대 위에 누워 있는 냐아가 나를 그런 눈으로 보고 있었다.

"겁쟁이라서 미안하게 됐다."

냐아는 내버려 두고, 어색함을 지우기 위한 고양이 이모티콘도 보낸다. 린노스케를 만나고 싶다는 것도 거짓말은 아니다.

'고마워. 정말로 미안해. 그래도 덕분에 살았어!'

고양이가 결정타가 된 것인지, 집 주소를 적은 메시지가 왔다.

내가 마지막으로 친구네 집에 놀러 간 것은 초등학교 1학년 때로 기억한다.

같은 반 애들 몇 명과 같이…… 이제는 이름도 얼굴도 잊어버린 남자애 집에서 게임을 했었다.

10년 만의 일에 긴장하며 초인종을 누르자, 곧바로 현관문이 열렸다.

"고마워. 길 안 헤맸어?"

몇 번이나 본 사복 차림인데도, 오늘은 집에서 입는 편안한 차림인 건지 평소와 다르다. 부드럽고 포근한 느낌의 옷을 입고 있었다.

큰일이다. 얼굴이 헤벌쭉해진다. 그런 속마음을 들키고 싶지 않아서 나는 그녀를 놀렸다.

"나는 누구와 다르게 방향치가 아니라서."

"뭐어-? 나도 이제 학교 정도는 헤매지 않고 갈 수 있는 걸?"

그래 그래, 하고 내가 적당히 대답하자 그녀가 삐쳤다.

하지만 곧바로 "들어와, 린노스케 보여줄게."라며 웃는 얼굴로 맞이했다.

난처하다. 여자애 집에 오면 어떻게 해야 좋을지 모르겠다.

노트 보여주러 온 거 뿐이니까, 라고 아무도 묻지 않은 말을 마음속으로 주문처럼 외고 있었다.

"실례…… 하겠습니다."

계단을 올라 2층으로 간다.

부모님은 안 계신 걸까?

집 안은 정적이 감돌고 있었고, 우리 말고 다른 사람의 기척은 없었다.

그녀가 안내해 주는 대로 2층 가장 앞쪽 방으로 들어갔다.

그녀의 방은 베이지를 기조로 하고 있었고, 밝지만 침착한 분위기였다. 침대에 책장, 그리고 책상. 나머지는 작은 테이블과 행거. 놓여 있는 물건은 내 방과 그다지 다를 게 없다. 그저, 몇 개나 되는 크고 작은 인형이 여자애의 방임을 주장하고 있었다.

"이 쿠션 써."

"아…… 네."

긴장한 나머지 존댓말이 나왔다.

그녀가 찻주전자로 차를 따라 준다.

옥상이라면 둘이 있어도 아무렇지 않은데, 그녀의 방이라 안절부절 못한다.

여하튼 뭔가 이야기를 해야 할 것만 같아서, 조급하게 재촉 당하듯 대화거리를 찾았다.

"오늘은 혼자야?"

"응, 부모님은 친척 제사에 가셨어. 끝나는 대로 금방 돌아올 거라고 하셨지만…… 조금은 느긋하게 지내다 와도 괜찮은데 말이야. 요새 여러 가지로 바빠서 그다지 외출도 못하셨고, 어차피 나는 시험공부 해야 하니까."

"부모님께서는 자주 두 분끼리 외출하셔?"

"며칠 전에는 두 분끼리 테니스 치러 가셨어."

우리 집과는 천지 차이다. 오늘도 우리 엄마 아빠는 집에 같이 있으면서 따로 방을 쓰고, 서로 다른 일을 하고 있다. 두 사람이 마지막으로 같이 외출한 건 몇 년 전일까. 그것도 역시 친척 결혼식인가 그랬을 거다.

"후타바네 부모님은 정말로 사이가 좋으시구나."

"응. 보고 있는 쪽이 쑥스러워질 정도지만 나도 동경한다고 해야 할까, 저렇게 되고 싶다고 바라는 걸지도. 오래

사귀면 좋은 점도 안 좋은 점도 다 알게 되지만, 그럼에도 상대를 사랑할 수 있다는 건 정말 좋은 거 같아."

동의를 구해도 나는 모른다. 지금도 앞날의 일은 생각하지 않도록 하고 있다.

동경한다는 말을 들어도 상상이 잘 되지 않았다.

"……이상(理想)이라면 이해할 수 있지만."

왠인지 그녀가 부루퉁해진 듯 삐죽한 표정을 지었다.

"히지리는 그런 생각 안 해? 좋아하는 사람이랑 영원히 함께 있고 싶다고."

"영원히……는 어렵지. 어떤 사람이든 평생 계속해서 같은 마음을 품는다는 건 어려울 거라 생각해."

"그렇지 않아!"

그녀는 격하게 부정했다. 얼굴이 새빨개져서는, 분노를 노골적으로 드러내고 있었다.

부모님을 바보 취급당했다고 생각한 걸까.

물론 그럴 생각은 없었다.

나는 그저 나 자신을 믿을 수 없을 뿐이었다.

"미안. 나는 그저—."

그녀가 내 말을 가로막았다.

"나는……!"

하루카는 울고 있었다. 눈물을 뚝뚝 흘리고 있었다.

조금 전까지 화를 내고 있었을 터인 그녀가 어째서 울고 있는 건지 나는 이해할 수 없었다. 하지만 정말로 슬픈 듯이 소리 죽여 울고 있었다.

이런 표정을 짓게 하려던 게 아니다. 나는 그녀가 미소 지을 수 있기를 바랬는데.

"저, 저기……."

이럴 때 뭐라고 말을 해야 되는 걸까.

미안? 아니면, 그녀의 의견에 대한 동의?

하지만 나는 거짓말을 할 수 없다.

눈을 꼭 감은 그녀가 괴로운 듯이 숨을 들이쉬었다. 그리고 크게 숨을 내쉰 뒤 새빨개진 눈을 떴다.

"나는, 언제까지나 함께 있을 거야. 히지리가 싫다고 말할 때까지, 곁에 있을 거야."

"아……."

이것이 그녀의 본심이라면, 나는 얼마나 기뻤을까.

하지만 아니었다.

그녀의 몸은 반짝반짝 빛나고 있었다.

잔혹할 정도로 아름다운 빛이, 그녀의 몸을 감싸고 있었다.

나는 숨을 쉬는 것조차 잊었다. 그대로 영원히 호흡을 멈추고, 심장도 멈추길 바랐다.

하지만 빛에 휩싸인 그녀는 내 시야에서 사라지지 않았다.

나는 거짓말이 싫다.

하지만 나는 하루카를 좋아한다.

빛과 거짓말 너와 미래

하루카가 가방에서 초콜릿을 꺼냈다.

“자, 이건 히지리 꺼.”

“고마워. ……차갑네.”

“응. 이렇게 더우면 금방 흐물흐물해지니까, 엄중하게 보관해 왔다구.”

“보관 하는 건 좋지만, 이 초콜릿 거의 얼어 있는 거 아닌가…….”

연일 30도를 넘었고 날에 따라서는 사람 체온 수준으로 기온이 올라갔다.

더워, 가 입버릇이고 덥네요, 가 인사가 된 일본에서 기뻐하고 있는 건 아이스크림 업체랑 수영장, 맥주가 맛있다는 키치라쿠 선생님 정도일 것이다.

그런데도 그녀는 4월과 마찬가지로 옥상에 초콜릿을 가지고 왔다. 보냉제를 가득 채운 아이스팩을 끼고서.

녹지 않도록 노력한 건 알겠지만, 초콜릿은 포장지만 봐도 알 수 있을 정도로 차갑고 딱딱하게 얼어 있었다.

"자, 자. 차가워진 초콜릿도 별미라구. 일단 먹어 봐."

"이 더위니까 차가운 게 맛있다는 건 알겠는데 딱딱한 초콜릿은 좀……."

입안에서 딱, 하는 소리가 난다. 어금니로 깨문 초콜릿의 식감은 내가 알고 있는 초콜릿과는 다르다. 여느 때보다 카카오 맛이 희미하게 느껴졌다.

"오늘은 넛츠 초콜릿이네."

"응. 견과류 싫어해?"

"아니, 견과류는 좋아하는데…… 하루카는 오렌지 필링이 들어간 초콜릿을 좋아하지 않았어?"

"오렌지 필링이 든 건 싫어해."

"어? 하지만 전에……."

혹시 내가 예전에 오렌지주스를 좋아하지 않는다고 말해서 안 가져 온 걸까.

하지만 나는 캔에 든 오렌지주스를 별로 안 좋아한다는

거지, 오렌지 필링이 든 초콜릿은 좋아하는 편이다.

"너무 많이 먹어서 질린거야?"

"아니, 전부터 싫어해. 왜?"

우물우물하며 맛있다는 듯이 넛츠 초콜릿을 먹는 그녀의 몸은 빛나지 않았다.

거짓말……은 아닌 모양이다. 그렇다면 처음 옥상에 왔을 때 했던 말이 거짓말이었나……?

그때의 나는 하루카에게 특별한 감정을 품고 있지 않았으니까, 거짓말을 해도 알아차리지 못한거겠지.

하지만 그녀 역시 거짓말을 할 필요는 없었을 것이다. 오렌지 필링이 든 초콜릿이 싫다면 다른 것을 준비하면 될 뿐이고, 나랑 얽히기 싫다면 일부러 옥상에 오지 않으면 될 뿐이니까.

한여름의 옥상은 덥다. 하루카가 알려준 야외활동용 차양 파라솔로 햇볕을 가리고는 있지만, 더위까지 막을 방도는 없다.

그래도 우리는 땀을 흘리며 옥상에 있었다.

초콜릿을 베어 물며 강을 바라본다.

어라? 직시할 수 없을 정도로 태양이 이글거리고 있는데, 강에는 그 빛이 반사 되고 있지 않았다.

"히지리, 왜 그래?"

"아니, ……그게."

이상하다. 뭔가가 이상하다.

하지만 그 위화감의 정체를 알수 없었다.

하루카는 땀을 흘리며 세 개째 초콜릿에 손을 뻗었다.

"나 말이야, 넛츠 초콜릿이 제일 좋아. 그리고, 오렌지 필링이 든 초콜릿은 싫어. 그리고……."

거기까지 말하고 어째서인지 머뭇거린 그녀는 평소 이상으로 얼굴이 빨개져서는, 부끄러운 듯이 치켜뜬 눈으로 나를 바라봤다.

나는 두근거리면서 하루카의 말을 기다렸다.

"히지리를 좋아해."

하루카의 몸에서 빛이 났다.

햇빛보다도 눈이 부셨다. 나는 눈을 있는 힘껏 감았다. 그래도 빛이 내 눈에 닿는다.

어째서, 그런 말을 하는 거야?

어째서, 내게 거짓말을 하는 거야?

한여름의 옥상에서 나는 몸서리를 쳤다. 춥다. 춥다. 춥다—.

"추워……."

몸서리를 치며 눈을 떴다. 책상에서 몸을 일으켰다.

에어컨 바람을 그대로 맞고 있다. 설정 온도는 19도였다.

방이 사우나 같아서 단번에 시원하게 만들려고 강풍으로 하고 온도를 낮췄다는 것을 잊고 있었다.

에어컨의 풍향과 설정 온도를 바꿨다.

식은땀인지, 잠들기 전에 흘린 땀인지는 알 수 없었지만 내 몸은 축축하게 젖어 있었다.

몸을 떨면서 창문 바깥을 바라봤다.

방충망에 달라붙은 매미가 유리창 너머에서 울고 있다. 뉴스는 연일 혹서를 전하고 있었고, 아스팔트에서는 아지랑이가 일렁이고 있었다.

여름방학에 접어든 지 나흘째. 지금의 나는 바깥 더위를 직접 알지 못했다.

"나흘 동안 7할……."

방학 숙제는 3할 정도 남아있었다. 남은 숙제도 작문 콩쿠르에 낼 과제나, 가정과 수업에서 만드는 북 커버 등과 같은 공부답지 않은 과제가 대부분이었다.

아무 생각도 하고 싶지 않아서, 공부를 하거나 밤낮 가리지 않고 자고 있었다.

반대로 말하자면, 그 이외의 시간에는 그녀에 대해 생각하고 만다는 것이다.

잠에서 깼을 때, 식사를 하고 있을 때, 이를 닦고 있을 때, 목욕을 하고 있을 때, 그리고 잠들기 전까지도.

떠올리고 싶지 않은데도 그녀의 그때 표정과 목소리는 선명한 화질로 되풀이되고 또 되풀이되어 내 머릿속에서 재생되고 있었다.

계속 잠만 잘 수 있다면 얼마나 좋을까 하는 생각에, 도전도 한 번 해봤지만 13시간 만에 포기했다. 너무 많이 자면 머리와 허리가 아파진다는 것을 처음으로 알게 됐다.

게다가 이제는 꿈에까지 나와 버렸다. 마음 놓고 잘 수도 없다.

스마트폰이 울린다. 뉴스를 수신한 소리다.

"냐아, 오늘 최고 기온은 37도래. 체온보다 높다니 어떻게 되어 가고 있는 건지 참."

평소에는 집 안을 어슬렁 거리는 냐아도 더위에서 도망치기 위해 내 방에 틀어박혀 있다. 하지만 같은 방에 있는데도, 대답을 해 주지 않는다.

최근 냐아는 예전보다 훨씬 쌀쌀맞다.

지금은 내 침대 위에서 티슈를 꺼내 놀고 있다.

"그거 나중에 정리하는 건 나라고."

침대 위는 상당한 참상이 벌어져 있다. 바깥 더위에 티슈 눈으로 대항할 생각인지, 나에 대한 괴롭힘인 건지.

"냐아, 적당히 좀 해주라."

그래도 그만두지 않길래, 나도 스마트폰으로 시선을 되돌렸다.

메시지를 확인한다. 메시지가 오지 않았다는 걸 알고 있으면서도, 오지 않았다는 사실에 낙담한다. 낙담할 때마다 자신의 제멋대로인 면에 진절머리가 나서, 나는 손가락을 움직였다.

설정에 들어가 계정을 누른다.

처음에는 망설였던 동작도, 몇 번인가 되풀이하면서 지금은 익숙해졌다.

빨간 버튼이 표시된다. 마지막으로 이걸 누르면 계정이 삭제 된다.

지워 버리면 된다. 그러면 메시지 유무에 일희일비하지 않아도 된다.

그리고 2학기가 시작되면 다시 4월과 마찬가지로 조용히 숨만 쉬며 지내면 된다. 졸업할 때까지 그렇게 지내면 고등학교 생활은 끝난다.

그렇게 생각하는데도, 도저히 마지막에 손가락이 움직이지 않는다.

티슈가 어지럽게 흩날린 침대 위에 누웠다. 냐아가 내게서 등을 돌렸다.

"당연한가."

냐아가 날 피하는 데는 짐작 가는 바가 있었다.

그날—그 후에 그녀가 무언가 말한 듯한 느낌이 들었지만 전혀 귀에 들어오지 않았다.

머릿속이 몹시 혼란스러웠고, 울고 싶어져서, 소리치고 싶어져서, 그리고…… 도망쳤다.

다만 도망치기 직전에, 내가 그녀에게 했던 말은 기억하고 있다.

"어째서 그런 거짓말을 하는 건데! 그럴 거면 차라리 내 곁에서 멀리 사라져 줘, 제발!"

자신의 목소리가 다른 사람 같았다. 하지만 틀림없이 내 입에서 나온 말이었다.

그녀는 매우 놀란 표정을 짓고 있었다. 과거에 강에서 사고가 났었다고 알려줬을 때도, 렌노스케가 죽었을 때도 놀라기는 했지만, 그것과는 비교가 되지 않을 정도로 놀란—아니, 다르다. 내게 겁을 먹고 있었다.

사람은 말보다도 표정이 더 솔직해서, 분위기를 파악하지 못하는 나조차 고통스러울 정도로 와닿았다.

나는 그녀의 집에서 뛰쳐나왔다.

아무리 혼란스러운 상태였지만 신기하게도 길은 헤매지 않았다. 몇 번인가 넘어지기도 했고, 비도 내려서 집에 도착할 즈음에는 온몸이 엉망진창이 되어 있었다.

엄마가 놀라면서 무슨 말을 했지만, 전혀 귀에 들어오지 않았다.

욕실에 들어가 젖은 옷을 전부 벗고 뜨거운 물로 샤워를 하자, 눈물이 흘렀다.

혼란스러웠던 머리가 무슨 일이 벌어진 건지 파악하면서, 아주 약간 침착함을 되찾았다.

그렇지만 진정이 됐다고 해서 냉정해지는 것도 아니기에, 앞으로는 누구와도 만나고 싶지 않았다. 학교에는 어떻게든 등교했지만, 내 책상에 앉아 있을 때는 자는 척을 하고 점심시간에는 옥상으로 갔다.

그런 일이 있었으니 기말고사 결과는 당연 처참했고, 지금까지 본 시험 중 가장 낮은 점수를 기록했다. 중간고사

때 받아 놓은 점수 덕분에 여름방학 보충 수업은 운 좋게 면할 수 있었다.

나는 걱정해서 다가온 냐아를 계속 무시하고, 식사를 주는 것도 잊었다. 다행히 엄마 아빠가 돌봐 준 덕분에 냐아에게 문제는 없었지만, 그 때문에 이번에는 내가 무시당하게 되었다.

벌을 받은 거다. 냐아에게서도, ……그녀에게서도.

나는 몇 번인가 그녀를 시험했다. 거짓말을 하고 있는 건 아닌지 속을 떠봤다.

그렇게 해서 시험할 때마다 안도하고, 그녀를 좋아해도 괜찮다고 생각했다.

잘못된 행동이라는 건 자각하고 있었다.

내가 거짓말을 받아들일 수 없다고 해서, '그녀가 거짓말을 하지 않는 것'만으로 성립되는 관계 또한 몹시 일그러져 있으니까.

늦건 빠르건 이 관계가 무너지는 것은 뻔했다.

그저 가능하다면, 그 거짓말만큼은 보고 싶지 않았다.

내가 가장 알고 싶지 않은 거짓말. 상처받는 거짓말.

솔직하게 싫다고 말해주는 편이, 분명 이렇게까지는 상처받지 않았을 거짓말.

—나는, 언제까지나 함께 있을 거야. 히지리가 싫다고 말할 때까지, 곁에 있을 거야.

곁에 있겠다고 말할 때, 그녀의 몸은 빛나고 있었다. 어째서 그런 거짓말을 한 건지는 알 수 없었다.

나를 놀린 걸까, 그게 아니면 나를 싫어하는 건가.

그날 주고받았던 메시지가 신경 쓰여서 나는 스마트폰을 열었다.

그녀 쪽에서는 한 번도 노트를 가지고 와 달라는 부탁을 하지 않았다. 몇 번이고 거절했다.

내가 가져다 주는 걸 미안하게 생각하는 줄로만 알았는데 그건 나만의 착각이었던 걸까, 민폐였던 걸까.

하지만 그녀와 같이 외출하고, 매일같이 사진을 주고받고, 옥상에서 둘이 이야기를 나누고…….

모르겠다. 전부 알 수가 없었다.

"냐아, 너라면 어떻게 했어?"

나는 냐아에게 손을 뻗었다. 따뜻했다. 쓰다듬어도 반응은 없었지만 도망치거나 하지는 않았다.

저녁 식사를 끝내고 방으로 돌아오니 조금 전까지 있었

던 냐아의 모습이 없었다. 문이 10cm 정도 열려 있었다.

엄마 아빠가 아직 돌아오지 않은 집 안은, 내 방 말고는 에어컨이 켜져 있지 않다. 화장실에라도 간 거겠지 싶었다. 하지만 아무리 기다려도 문을 열라고 요구하는 '냐아—'가 들려오지 않는다.

불안해진 나는 집 안을 돌아다녔다.

"냐아, 어디 있어?"

불러도 대답하지 않는다. 안 좋은 예감이 들었다.

언젠가 있었던 일을 떠올리며 망설임 없이 욕실 문을 열었다. 그날과 마찬가지로 창문이 살짝 열려 있었다.

나는 황급히 스마트폰을 쥐었다. 하지만 곧바로 떠오른 생각을 지웠다.

"……아무리 그래도 그럴리 없지."

냐아는 후타바 하루카의 집을 모른다. 간 적도 없다.

나는 신발을 신고 현관을 뛰쳐나갔다.

밤이 되어도 낮 동안 쌓였던 열이 아스팔트에서 방출 되고 있어서 달리자마자 금방 땀이 흘러나왔다.

최근 방에만 틀어박혀 있었던 몸에는 조금 힘겨웠다.

"냐아!"

냐아와 후타바 하루카의 얼굴이 달리면서 나의 머릿속

에 번갈아 스쳐 지나간다.

한동안 달렸더니 '미즈노 펫샵'이라 적힌 간판이 보였다.

내가 문을 밀자 띠링, 하고 종이 울렸다.

"어머, 히지리, 어서 오렴."

미즈노 씨가 느긋한 목소리로 나를 맞이했다.

"오늘은 혼자니?" "냐아 여기 안 왔어요?"

나와 미즈노 씨의 목소리가 겹쳤다.

저번 일 덕분에 미즈노 씨는 설명하지 않아도 곧바로 눈치채 주었다.

"또 집을 나간 거니?"

대답하기 전에 내 스마트폰이 울렸다.

"죄송합니다, 잠시……."

엄마에게서 온 전화였다.

"여보세요?"

"히지리! 지금 어디 있니?"

묘하게 다급한 목소리에 나는 초조해졌다.

"상점가인데…… 무슨 일 있어?"

"무슨 일 있냐니, 엄마가 할 말이야. 현관문도 활짝 열려 있고, 불도 켜진 채고. 히지리 네 방에는 에어컨도 켜진 채고. 도둑이라도 들어서 납치당한 건가 걱정했잖아."

"아……."

일을 마치고 돌아왔는데 현관문이 열려 있는 채로 집 안에 아무도 없으면 엄마가 놀라는 것도 무리는 아니다.

"미안. 냐아가 안보여서 찾고 있었어. 그래서 급하게……."

"지금 어디니?"

"그러니까 상점가에 있어. 애완동물 가게."

"왜 그런 곳까지 갔어?"

대화가 맞물리지 않는다. 짜증이 났다.

"냐아를 찾으러 왔다고 말했잖아."

지금도 냐아가 어디에 있는지 알 수 없는데, 태평하게 엄마랑 이야기하고 있을 시간은 없었다.

"이제 됐지? 급하니까 끊을게!"

"냐아—."

사라진 냐아의 울음소리가 끊기 직전에 전화 너머로 들려왔다. 자신의 귀를 의심하면서, 전화기에 신경을 집중시키자 역시 "냐아—."하는 소리가 났다.

"잘은 모르겠지만 냐아라면 집에 있어. 배고파하는 거 같아서 지금 밥 줬는데."

걱정이 순식간에 사라졌다. 아마도 내가 헛다리를 짚은

것뿐이고, 냐아는 처음부터 집 안에 있었던 모양이다.

나는 착각해서 집에서 뛰쳐나왔지만, 냐아는 현관이 열려 있어도 바깥에는 나가지 않았다.

미즈노 씨가 “해결된 듯 하구나.”라며 웃으셨다.

“……소란을 피웠네요.”

“냐아짱도 무사하고 괜찮단다.”

여기까지 왔으니 선물이라도 사서 돌아갈까. 요새 이곳을 피하고 있었으니까, 냐아에게 줄 쿠키가 더 이상 없었다.

애완동물 사료 코너를 보고 있는데, 미즈노 씨가 “하루카는 잘 지내니?”라고 물었다.

이곳에 오면 필시 그 이름을 듣게 될 거라고 생각했다. 하지만 지금 와서 도망칠 수도 없는 노릇이다.

“여름방학이라서 어떻게 지내고 있는지는…….”

“그러고 보니 학생은 방학이구나. 여름방학이라니, 몇십 년 전 이야기라 잊어버렸네. 그래도 왜, 요새 젊은 애들은 이걸로 연락하지 않니?”

미즈노 씨는 왼손 위에서 오른손 검지를 움직이는 시늉을 했다. 스마트폰을 나타내려는 것 같다.

“그런 사람은 많긴 한데요…….”

"히지리는 안 하니?"

유일한 상대를 내가 끊었다. 안 해요, 라고 말했다.

쿠키 계산을 끝내고 가게를 나오려는데, 문득 의문스러웠던 점을 떠올렸다.

"그러고 보니 미즈노 씨는 어째서 그녀한테 동물병원을 알려주지 않은 거에요?"

"동물병원?"

"처음에 그녀가…… 후타바가 이곳에 왔을 때, 저를 쫓아와서는 냐아가 어느 병원에 다니는지 물었었거든요."

미즈노 씨는 어딘가 먼 곳을 보는 것처럼 눈을 가늘게 떴다. 잠시 후, 아아! 하고 손뼉을 쳤다.

"하루카가 처음 왔을 때 말이구나. 그게 그러니까…… 그래, 맞아. 나도 몇 군데인가 알려줬단다."

"그런데 후타바는 저한테 와서……."

"그랬구나. 너무 많이 알려줘서 하루카도 난처해했단다. 이미 인터넷에서 알아본 정보 같으니까 더더욱 말이지. 그리고 이건 별로 큰 소리로 말 할 수 있는 건 아닌데……."

그런 행동을 하지 않아도 어디서 엿듣고 있는 사람도 없는데, 미즈노 씨는 둘만 있는 가게 안에서 비밀 이야기를 하는 것처럼 목소리를 낮췄다.

"우리 같은 작은 가게여도 장사를 하고 있으면 여러 곳과 거래를 트고 있어. 그러니 한 곳만 이용 할 수도 없는 노릇이란 말이지. 무슨 말인지 이해가 되니?"

"네, 뭐어……."

"솔직히 말해서 별로 좋지 않은 얘기가 들려오는 곳도 있단다. 그런 데는 손님들끼리 하는 대화에서 들려오거든. 덕분에 신뢰할 수 있는 선생님도 알 수 있지만, 물론 냐아짱이 다니는 곳은 좋은 선생님이란다."

그치? 라며 마지막에 '그치'를 강조해서 덧붙인 미즈노 씨는 나이를 느끼게 하지 않는 장난꾸러기 같은 표정을 지었다.

그렇구나. 미즈노 씨는 자기 입장에서 말하기 어려워도, 내게는 그런 게 없다. 그리고 미즈노 씨는 내가 냐아를 어디에 데려가고 있는지 알고 있다. 후타바 하루카를 내게 보내면 자연스레 추천하고 싶은 병원을 알려줄 수 있는 것이다.

알고 나면 별것 아닌 이야기였다. 단지 그게 거짓말이 아니더라도, 실은 다른 의도가 섞여있던 건 아닐까 하는 의심을 하고 있었다.

"그때, 달리 무슨 말씀하셨나요?"

"무슨 말?"

"그러니까, 제게 묻도록 그녀에게……."

미즈노 씨는 무슨 말이니? 라는 듯이 고개를 갸웃거렸다. 정말로 아무 말도 하지 않은 것인가, 아니면 시치미를 떼고 있는 것인가.

질문을 거듭한들 정답에 다다를 것 같지도 않아서, 나는 이번에야말로 가게를 나서고자 문에 손을 댔다. 그러자 "그러고 보니."라며 이번에는 미즈노 씨 쪽에서 말을 걸었다.

"요전에 린노스케랑 처음으로 만났단다."

"언제……요?"

"여름방학이 시작되기 조금 전이려나."

미즈노 씨는 후타바 하루카와 만났음에도 불구하고, 내게 그녀가 어떻게 지내는지를 질문했다.

날 떠보고 있었단 사실을 깨닫고 나니, 역시 이 사람은 대하기 껄끄럽다고 생각이 들었다.

"린노스케, 귀여웠단다. 히지리는 만난 적 있니?"

"사진으로만요."

"꼭 한번 만나 보렴."

"왜요?"

"무척이나 활기차고, 엄청 귀여우니까."

"미즈노 씨한테 귀엽지 않은 고양이가 있나요?"

어머, 하고 중얼거린 미즈노 씨의 표정이 조금 흐트러졌다. 어느 쪽도 미즈노 씨의 표정이지만, 이게 가장 본모습에 가까울지도 모른다. 계속 미즈노 씨의 손바닥 위에서 놀아난 나로서는 한 방 먹였다는 생각이 들었다.

하지만 미즈노 씨는 곧바로 여느 때와 같은 미소를 지었다.

"그러네. 나한테는 모든 고양이가 귀여워. 물론 이곳에 와 주는 손님들도 전부 말이지."

"그런……가요."

"그러니까, 기운이 없어 보이면 걱정이 돼."

린노스케는 '무척이나' 활기찼다. 하지만 미즈노 씨는 이곳에 오는 손님이 기운이 없어 보였다고 한다.

즉, 그런 말이다.

그날 밤 나는 3주 만에 메시지를 보냈다. 그리고 곧바로 스마트폰 전원을 껐다.

비겁하다는 건 알고 있다. 하지만 그녀에게서 어떤 대답이 돌아올지, 애초에 대답이 오기는 하는지, 곧바로 답을 알게 되는 게 무서웠다.

내 쪽에서 연락하는 것 자체가 잘못일지도 모른다. 반대로 내 쪽에서 연락하지 않으면 언제까지고 이런 상태일지 모른다. 게다가 내 안에서도 아직 답이 나오지 않았다. 어떤 얼굴로 만나면 좋을지도 모르겠고, 만나면 무슨 말을 해야 좋을지 모르겠다.

내게 거짓말을 용서할 수 있냐고 묻는다면, 아마 평생 용서할 수 없을 것이다. 좋아하는 사람의 거짓말은 너무나도 아프다.

그래도 후타바 하루카와 만나고 싶은 마음은 지울 수 없었다.

다음 날, 나는 학교에 갔다. 스마트폰 전원은 아직 꺼둔 채였다.

옥상에 가기 전에 교실에 들렀다. 여름방학 숙제에 쓸 재봉 도구를 사물함에 깜박 두고 왔기 때문이다.

아무도 없다고 생각한 교실에 여학생 두 명이 있었다. 여름방학이 끝난 뒤에 열리는 문화제에서 쓸 간판의 색을 칠하고 있는 모양이다.

"앗……."

내 얼굴을 본 한 명이 눈을 돌렸다. 후타바 하루카에게 나를 좋아하냐고 물었던 여자애다.

내가 사물함을 열고 재봉 도구를 꺼내고 있자, 누군가의 스마트폰이 울렸다. 마룻바닥에 뒀던 스마트폰을 다른 여자애 한명이 손에 들었다.

"콘도한테서 왔네. 어디 보자…… 뭐어-?! 무리지 그건!"

스마트폰 화면 위로 손가락을 움직이며, 글자를 주고받고 있을 상대에게는 들릴 리 없는 큰 목소리를 내고 있었다.

"그러니까, 무리래도!"

"무슨 일이야?"

여자 둘이서 작은 화면을 들여다본다.

"노비타* 책상을 확보했으니까, 다른 반이 가져가기 전에 바로 옮기자는데."

우리 반은 문화제에서 도라에몽에 나오는 '노비타의 방' 세트를 교실에 전시하기로 했다. 거기서 자유롭게 사진을 촬영할 수 있다. 사전 준비가 좀 힘들지만 이거라면 당

* 일본 만화 '도라에몽'에 나오는 주인공. 국내에서는 노진구로 나온다

일 날 다른 반의 전시나 무대 발표를 즐길 수 있다. 하지만 아무런 흥미도 없는 나는 당일 날 전시물을 지키는 역할을 희망했다.

“그런 건 남자가 옮기면 되잖아. 콘도는 대도구 담당이지? 그쪽에 대여섯 명 있잖아.”

“그게 아무래도 지금 손이 부족한 것 같아.”

“왜? 오늘은 문화제 준비하기로 한 날이잖아.”

잇따라 메시지가 오는 모양이라, 손가락이 바쁘게 움직이고 있다. 화면을 보며 엑, 하고 인상을 찌푸렸다.

“으음, 그러니까…… 부활동으로 빠진 애가 두 명, 한 명은 연락 두절, 또 한 명은 사정이 있어서 결석, 나머지 한 명은 더위 때문에 몸 상태가 나쁘다고…… 지금 콘도 혼자 있는 것 같아.”

“열사병? 괜찮은 거야? 남자애들은 밖에서 작업하니까.”

“양호실에서 쉬고 있는 것 같은데, 크게 심각하지는 않대.”

“그러면 다행이지만…… 그 말은 즉슨, 우리가 도와줘야 한다는 거네. 노비타 책상은 목제야? 철제?”

“으음…… 사용하지 않는 물건을 쌓아두는 창고—자료실에 방치된 낡은 나무 책상이라…… 꽤 무겁다고 적혀 있어.”

에구구, 하고 여자애가 노인마냥 힘겹게 일어섰다. 두 사람이 교실을 나가기 전에 내가 말을 걸었다.

"도와줄까?"

놀란 두 얼굴이 동시에 나를 본다.

나를 가장 적대시하는 여자애가 노려보는 듯한 눈으로 쳐다봤다.

"후지쿠라가?"

"민폐라면 안 할게."

"……그런 건 아닌데."

"괜찮잖아. 도와달라고 하자. 세 명이서는 옮기기도 힘들고 이럴 때는 고양이 손이라도 빌리고 싶을 정도니까."

다른 여자애는 내가 돕는 게 결정된 것 마냥 걷기 시작했다.

냐아한테 책상을 옮기게 하는 건 무리고, 지금만큼은 내가 더 도움이 되겠지.

우리는 계단을 내려가 교실에서 가장 먼 자료실로 향했다. 콘도가 나를 보고 놀란 표정을 지었다.

"후지쿠라가 도와주겠대. 일손 필요하잖아."

여자애의 말에 콘도가 고개를 끄덕였다.

책상은 확실히 무거웠지만 가운데에 큰 서랍이 하나 있

고 그 옆에 작은 서랍이 세 개 달려있는, 애니메이션에 나오는 것과 똑같이 생긴 책상이다. 낡았지만 수리하면 쓸 수 있을 것 같다. '어디로든 문'이나 '타임머신'은 하나부터 만들기로 했고, 무엇보다 예산이 적으니 책상 하나라도 쓸 수 있는 건 감지덕지다.

콘도의 목소리가 들떠 있었다.

"1학년 7반도 책상이 필요해 보여서, 먼저 확보해 두지 않으면 가로채갈지도 모르잖아."

"선생님 허가는 받았어?"

"물론이지. 게다가 7반은 아직 눈치 못 챘어. 그 전에 확보해 놨지."

"잘했어."

기세 좋게 옮긴 건 처음 잠시뿐이었다. 긴 복도를 빠져나가 계단 아래에 도착했을 무렵에는 모두 팔에 한계가 왔다.

그래도 도중에 포기할 수는 없으니 헉헉거리며 계단을 하나하나 올라갔다.

"하루카랑 만나고 있어?"

옆에서 불쑥 튀어나온 목소리는 흐트러진 숨과 함께 들려왔다.

"안 만나고 있어."

"만날 예정은 있어?"

대답할 방도가 없었다. 있다고 하면 거짓말이 될지도 모르고, 없다고 해도 거짓말이 될지도 모르기 때문이다.

"너는 내가 하루카랑 가까이 지내는 걸 달가워하지 않는 모양이니까, 만나지 않는 편이 좋은 거 아니야?"

철석같이 '당연하지'라는 말을 들을 거라고 생각했다.

하지만 이 여자애는 울 것만 같은 표정을 흐리고는 "모르겠어."라고 말했다.

"……어째서?"

"눈으로 본 게 전부가 아니니까."

"뭐?"

"사람은 자기 눈으로 본 것을 잘못 해석할 때도 있으니까."

이 여자애가 무슨 말을 하는 건지 모르겠다. 혹시 나를 오해하고 있었다고 말하고 싶은 걸까?

어떻게 대답해야 할지 몰라서 난처해하고 있자, 그녀가 계속해서 뒷말을 이었다.

"나는 하루카의 판단을 믿겠다고 결정한 것뿐이야."

역시 무슨 소린지 모르겠다.

하지만 여자애는 그 이상 아무 말도 하지 않고, 새빨개진 얼굴로 계단 위쪽을 보고 있을 뿐이었다.

오후가 되어도 햇볕은 변함없었고 옥상은 더웠다. 그래도 바람이 불어준 덕분에 버티고 있을 만했다.

파라솔 형태의 차양을 펼치고 무릎을 감싸 안은 자세로 앉았다.

오랜만에 옥상에서 바라보는 경치는 여느 때와 다름없었다. 강물에 햇빛이 반사되어 쨍쨍 빛나고 있었다.

"그때 내가 알아채지 못했다면 어떻게 되었을까."

"물에 빠졌을지도 모르지."

뒤에서 목소리가 났다.

"어떻게……."

목소리가 목에 턱 걸려서 말이 잘 나오지 않았다.

생긋 웃는, 미소를 띤 하루카가 그곳에 있다. 너무나도 가까운 곳에 있어서 실감이 나지 않았다.

"뭘 놀라고 있는 거야? 히지리가 연락했잖아."

"……꿈?"

또 딱딱하게 얼어붙은 초콜릿을 먹게 되는 걸까.

"초콜릿은?"

"초콜릿? 이런 더운 날에는 흐물흐물해지니까 안 가져왔는데……."

"오렌지 필링이 든 초콜릿은 좋아해?"

"좋아해."

"실은 넛츠 초콜릿을 더 좋아한다거나?"

"둘다 좋아하지만, 굳이 비교하자면 오렌지 필링 쪽이 더 좋으려나. 그것보다 괜찮아? 오늘 히지리 조금 이상한데, 언제부터 여기 있었어? 혹시 열사병이라도 걸린 거 아니야?"

하루카가 불안한 듯이 내 얼굴 앞에서 손을 흔들고 있다.

나는 눈앞을 왔다 갔다 하는 손을 붙잡았다.

땀이 배어 있는 따뜻한 손은 지금이 현실임을 가르쳐 주었다.

"꿈이 아니야."

"응. 저기, 정말로 괜찮아?"

머릿속이 붕 떠 있지만 나는 열사병에 걸린 것도 아니고 건강하다.

초콜릿 이야기를 해도 하루카의 몸은 빛나지 않았고, 세상이 선명해진다.

"괜찮아. 미안해, 조금 생각 하느라."

"그런 거면 다행인데……."

하루카는 여전히 이해가 안 된다는 듯한 표정을 지으면서도, 내 옆에 앉았다.

그 행동이 너무나도 자연스러워서 내가 무슨 말을 하면 좋을지, 어떤 표정을 지으면 좋을지, 고민했던 것들이 한 순간에 사라져 버렸다.

"연락 해줘서 기뻤어."

"……그런 심한 말을 했는데도?"

"그래도 히지리가 먼저 연락해 줬잖아."

"그렇긴 하지만……."

"그래서는 히지리의 마음이 안 풀려?"

"응."

내가 상처받았다고 해서 그녀에게 상처를 입혀도 되는 것은 아니다.

"역시, 그렇게 말할 거 같았어. 그럼 눈 감아 봐."

"뭐?"

"빨리 감아 봐."

뭘 하려는 거지?

또다시 빨리, 라고 재촉해서 나는 눈을 감았다.

두근거렸다. 눈을 감는다는 행위는 무방비해서 진정이 되질 않는다.

주먹으로 때리려는 걸까, 뺨을 때리려는 걸까, 그것도 아니면 이마에다 딱밤 일까. 설마 방망이나 망치는 아니겠지 하고 상상하고 있자, 이마에 부드러운 무언가가……

펜?

뭘 쓰고 있는 거지?

"—바보?"

"아, 눈 떴어."

그녀의 오른손에는 유성 펜이 쥐어져 있었다.

"어—? 설마, 이마에 바보라고 쓴 거야?"

"응. 거울 가지고 있는데 볼래?"

그녀는 스커트 주머니에서 작은 접이식 거울을 꺼냈다.

나는 앞머리를 손으로 들어 올리고 거울과 눈싸움을 했다.

"어? ……없는데."

"이거 잉크 다 쓴 펜이거든."

히히히, 하고 이를 내보이며 "성공!"하고 소리 내어 웃었다.

"이걸로 용서해 줄게."

"……꽤나 관대하시네."

"사소한 일에 신경 써봤자 아깝잖아."

"그게 사소한 일이야?"

하루카는 주저하지 않고 고개를 끄덕였다.

"응. 인생 전체로 보면 특별히 대단한 일은 아니라고 생각해."

목소리는 크지 않았지만, 하루카의 말에는 강한 힘이 담겨 있었다.

차양은 둘이 들어가기에는 작아서, 바짝 붙지 않으면 햇볕에 닿는다.

어깨가 닿을락 말락 한 거리가 나를 안절부절못하게 만들었다.

"그런 것보다, 괜찮아?"

"뭐가?"

"여름방학 전보다 야윈 거 같아서. 또 감기야? 아니면 하루카야말로 열사병 아냐? 낯빛도 별로 안좋아 보여."

"집 안에 틀어박히기만 해서 햇볕에도 안타고, 식욕도 조금 떨어졌을지도."

거짓말 따위 보고 싶지 않은데, 나는 그녀의 거짓말을 찾으려 하고 만다. 그녀가 하는 말 어디에 거짓이 있을까.

적어도 지금의 나는 그녀가 거짓말을 하면 알아차릴 수 있다.

그녀의 몸은 빛나지 않았다.

"매일 같이 더워서 나도 거의 집 밖에는 안나갔어."

"남 말할 처지가 아니잖아 정말, 히지리야말로 어디 아프기라도 했어?"

"아니 전혀, 그냥 숙제만 했을 뿐인데."

"그럼 평소보다 기운이 없어 보이는 건 숙제 때문인가?"

—그건, 너와 연락할 수 없었으니까.

아무리 그래도 그 말은 할 수 없었다.

"하루카, 정말로 괜찮아?"

"히지리는 걱정도 많다니까."

"그건 아냐."

"그렇지만 처음 강물에 들어간 나를 발견했을 때, 구하러 와줬잖아."

"그건…… 과거에 사고도 있었고, 만에 하나의 경우를 생각해서."

"응, 그 덕분에 나는 살았어."

"사고가 반드시 일어나는 것도 아닌데, 너무 과장했어."

"그럴지도 모르지만, 그렇지 않을지도 모르잖아?"

하루카가 일어서서 옥상 가장자리까지 걸어갔다. 펜스에 몸을 기댔다.

"펜스가 녹슬어 있을지도 모르니까 너무 체중은 싣지 않는 게 좋아."

"그거 봐, 히지리는 걱정이 많다니까."

등을 돌린 채 그녀는 쿡쿡 웃고 있다.

그래도 그녀는 펜스에서 조금 떨어져서 강을 바라보고 있었다.

"히지리, 전에 말했지. '어째서 사람들은 누군가와 함께 있는 걸까?'라고."

"갑자기 뭐야?"

"으음-, 계속 답을 찾고 있었으니까. 벌써 잊었어?"

"……기억하고 있어."

잊을 리가 없다.

"어째서 내가 혼자가 되고 싶은 건지, 네가 물었었잖아?"

"응, 맞아. 있잖아 나, 여름방학 동안 많은 생각을 하면서 깨달았어. 누군가와 함께 있는 건, 혼자 있는 것보다 즐겁기 때문이라는 걸."

"너무 단순하지 않아?"

"복잡하게 생각한 결과, 단순한 결론에 다다른 거야."

"그런 건가."

"그런 거야. 싫어하는 것보다 좋아하는 것, 악의보다 선의가 더 기분 좋잖아?"

그건 그럴지도 모른다.

하지만 세상일이 그렇게 단순하다면 이 세상에 전쟁이나 괴롭힘, 그리고 거짓말도 없겠지.

"세상 사람들 모두가 착한 사람인 건 아니다?"

"응. 하지만 모두가 나쁜 사람인 것도 아닌걸."

"나쁜 사람이 더 많다면 그 생각은 성립되지 않아."

"적어도 내가 알고 있는 사람의 비율로 따지면 착한 사람이 더 많으니까 괜찮아."

내가 무슨 말을 해도 그녀는 흔들림이 없다.

하루카는 여름방학이 시작된 지 불과 닷새 만에, 인생을 일주하고 온 건가 싶을 정도로 달관해 있었다.

나보다 몇 걸음이나 앞서 가고 있는 것만 같아서, 그건 그것대로 분하다.

그녀는 갑자기 몸을 빙글 돌려 내 쪽을 봤다. 목에서 리본을 풀고는 오른손을 높이 들었다.

"이게 바람에 날아갔단 말이지, 처음 만났을 때."

빨간 리본이 바람에 휘날린다.

또 바람에 날아가 버리는 건 아닐까. 그러면 그녀는 리본을 쫓아갈까. 나는 다시 그녀를 구하려고 할까.

그런 생각을 하고 있는데, 리본을 붙잡고 있던 그녀의 손가락이 천천히 풀렸다.

푸른 하늘에 흩날리는 리본이 내 눈길을 빼앗았다.

읏, 하는 소리가 나는가 싶더니 갑자기 그녀의 몸이 흔들렸다.

"하루카!"

나는 달려가서, 쓰러지는 그녀의 몸에 손을 뻗었다.

하루카가 쓰러지자마자 나는 도움을 청했다.

일은 신기할 정도로 물 흐르듯이 진행되었다. 마치 어른들은 이렇게 될 거라는 것을 전부 예견이라도 한 듯, 나를 제외한 다른 사람들은 침착했다.

양호 선생님이 구급차에 같이 올라타고, 나는 키치라쿠 선생님의 차를 타고 병원으로 향했다.

차 안에서 선생님은 출입이 금지된 옥상에 있던 나를 꾸짖는 대신 "내일부터는 못 올라가게 될 거다."라고 말했지만, 그 배려가 오히려 나를 불안하게 만들었다.

나는 병원의 최상층—14층에 있는 라운지에서 하루카의 치료가 끝나는 것을 기다렸고, 선생님들은 일이 남았다며 학교로 돌아갔다.

라운지는 전망이 좋아 주변 건물들이 한참 아래서 늘어서 있었고, 멀리서는 바다가 보였다.

환자복을 입은 사람과 면회를 온 사람이 담소를 나누는 가운데, 나는 가장 끝 쪽에 있는 소파에 깊숙이 앉았다.

더 이상은 불안한 정도를 넘어서, 무서워서 어쩔 줄 몰랐다.

조금이라도 다른 것을 생각하려고 어젯밤부터 꺼 뒀던 스마트폰 전원을 켰다. 스마트폰이 위잉, 하고 진동하며 화면이 밝아졌다.

나는 어제 보낸 메시지를 열었다.

'내일, 오후 네 시. 옥상으로 와 줬으면 좋겠어.'

나는 이걸 보낸 직후에 스마트폰 전원을 껐었다.

답장은 1분 후에 와 있었다.

'OK! 내일 옥상이지. 꼭 갈게.'

이어서 린노스케 사진도 있었다.

'2주 전 사진이지만, 잘 찍혀서 보낼게.'

린노스케가 빈 상자에 들어가 있는 사진이었다. 꼬리까지는 미처 다 들어가지 않아 상자 밖으로 튀어나와 있다.

'이것도 귀엽지?'

린노스케 사진은 한 장이 아니었다.

자는 사진, 점프하는 사진, 춤추는 사진. 린노스케를 어르고 있는 건지, 가끔 하루카로 여겨지는 가느다란 팔도 찍혀 있었다.

다시 나랑 연락되면 보낼 생각이었는지, 사진은 수십 장이나 됐다.

하루카는 내 연락을 기다리고 있었던 걸까.

일방적으로 화를 낸 나를, 언제 올지 모르는 연락을 꾹 참고 기다려 주었던 걸까.

화면을 스크롤했다. 대부분의 사진은 린노스케였지만, 마지막 한 장은 달랐다. 집도 학교도 아닌 곳. 마을을 한눈에 내다볼 수 있는 높은 곳에서 촬영된, 멀리 바다가 보이는 풍경.

나는 그 경치를 알고 있다. 지금, 눈앞에 있는 세계였기 때문이다.

손에 쥐고 있던 스마트폰이 진동했다.

'병실로 와줄 수 있어?'

하루카였다. 내가 '응.'이라고 답하자, 곧바로 병실 번호가 적힌 답장이 왔다.

엘리베이터를 타고 하루카가 있는 층으로 향했다.

병실은 1인실이었고 안에는 하루카 혼자였다.

하루카의 팔에는 링거 바늘이 꽂혀 있었고, 해쓱한 얼굴을 하고 있었다.

"놀래켜 버렸네."

"응. 놀랐어."

"이럴 때는 환자에게 걱정 끼치지 않도록 '그렇지 않아' 라고 말해야 하는 거 아니야?'

"나는 거짓말을 싫어하니까."

그녀는 '아' 하는 입 모양을 만든 뒤, 가볍게 웃었다.

병실은 생각했던 것 만큼 넓지는 않았으며 침대와 TV, 테이블만 놓여 있어 의외로 휑했다.

"드라마에 나오는 병실이랑은 다르네."

"그건 정치가나 유명인이 입원하는 특실 아니야?"

"아마도 그렇겠지. 전에 할아버지 문병 때문에 가본 다인실이랑 시설이 거의 비슷해."

"나도 다인실도 괜찮다고 했는데, 엄마랑 아빠가 멋대로 정했어. 고맙기는 한데 말이지. 다인실이면 아무래도 다른 사람을 신경 쓰게 되니까."

"코골이가 시끄러운 사람이라도 있으면 난감하겠지."

"맞아. 그리고 계속 말을 걸거나 하면 피곤 할 것 같아."

"나라면 5분 만에 탈주할 거야."

"히지리는 방어막을 치고 안 들리도록 하는 거 아니야?"

나는 중요한 것은 구태여 건들지 않고, 아무래도 상관없는 사소한 이야기만 꺼내고 있었다.

하지만 그녀가 던지는 농담에 대답할 수 있을 정도로 태연하지 못했다.

그러기는커녕 머릿속이 새하얘져서, 내 입에서 나오는 목소리가 어딘가 다른 곳에서 울리고 있는 듯한 느낌마저 들고 있었다.

마치 앞, 뒤에서 총을 들이밀고 있는 듯한 긴장감에 버틸 수가 없어서 내가 먼저 말을 꺼냈다.

"사진…… 제일 높은 층에서 찍은 거지."

"처음 병원 갔을 때 찍었어."

그 뒤로 하루카는 병에 대한 이야기를 시작했다.

왠지 모르게 몸 상태가 좋지 않다고 느낀 적은 있었다고 한다. 하지만 전학을 오면서 환경이 변한 탓이라고 생각했다는 모양이다. 그러던 어느 날, 열이 심하게 났는데 좀처럼 내리지 않아 근처 병원에 갔더니, 곧바로 종합병원에 낼 소견서를 써 주었다고 한다.

"일주일 정도 쉰 적이 있었잖아. 그때, 퇴원하면서 찍은 사진이야."

나는 대답을 했는지, 아니면 그저 고개를 끄덕였는지조차 알 수 없었다.

그 정도로 그녀의 말은 내게 공포를 안겨주고 있었다.

"온몸에 전이 되었대. 2차 소견도 받았지만 변한 건 없었어."

목소리가 나오지 않았다. 애초에 무슨 말을 하면 좋을지 모르겠다.

의외로 하루카는 담담했다.

"하지만 의사 선생님이 생각했던 것보다 치료가 잘 되서, 지금은 좋아지고 있어. 오늘도 외출 허가 받았고, 여름방학이 끝날 때면 다시 학교에 갈 수 있으니까, 걱정하지 마."

내 머릿속에서는 여러 단어가 빙글빙글 돌고 있었다.

전이? 온몸에 전이? 외출 허가? 쓰러졌는데?

이 이상 묻는 게 무서웠다. 드리워진 사신의 낫이 두려워서, 나는 입을 열 수 없었다.

하지만 내가 묻지 않아도, 하루카의 몸이 여실히 말해주고 있었다.

그녀의 설명 마지막 부분에서, 그녀의 몸이 빛나고 있었기 때문이다.

나는 '그' 거짓말의 의미를 이해했다.

—나는, 언제까지나 함께 있을 거야. 히지리가 싫다고 말할 때까지, 곁에 있을 거야.

눈시울이 붉어졌다. 목 안쪽이 아파져 왔다.

입술을 깨물고 심호흡을 해 봤지만, 눈물을 참을 수 없었다.

내 눈에 비치는 그녀의 모습이 일그러진다. 그럼에도, 반짝거리는 빛을 막을 수 없었다.

하루카는 내가 진정 될 때까지는 무리해서 병문안을 오지 않아도 된다고 말해주었다.

하지만 나는 그것이 본심이 아니라는 것을 안다.

만약 온다면 빈손으로 와도 괜찮으니까.

이건 정말인 듯하다.

나는 괜찮으니까, 걱정하지 마.

이건 거짓말.

하루카를 통해 배운 것이 있다. 사람의 거짓말에는 몇 가지 종류가 있다는 사실을.

상대를 속이는 거짓말.

자신을 지키는 거짓말.

상대를 배려하는 거짓말.

그걸 알았다고 해도 거짓말은 역시 싫다. 나는 거짓말을 하고 싶지 않다. 할 수만 있다면, 거짓말 따위 보고 싶지 않았다.

하지만 모든 거짓말에 상처를 받는 것도 아니다.

아무리 시간이 지나도, 마음을 진정 시킬 수 없을 것 같았다.

그래서 나는 일과처럼 병원에 다녔다. 간호사들도 내 얼굴을 기억하게 됐고, 하루카와 함께 책을 읽고, 같이 게임을 하고, 같이 숙제를 했다. 나는 몸이 안 좋으면 숙제는 안 해도 된다고 했지만, 그녀는 마치 나와 경쟁하는 것처럼 공부를 계속했다.

"자, 문병 선물."

"괜찮다고 했잖아, 나는 히지리가 와 주는 것만으로도 기쁘다구."

그 말에 거짓말은 없었지만, 봉투 안을 들여다볼 때는 기쁜 듯 보였다.

"초콜릿이랑—교복 리본?"

"또 날아가 버렸으니까."

"강에 들어가서 찾아준 거야?"

"나는 그런 무모한 짓 안하거든. 근처 풀밭 위에 떨어져 있던 걸 발견했을 뿐이야. 초콜릿은 여름 한정 버전, 편의점에 있길래."

하루카는 고마워, 라며 기쁜 듯이 민트 맛 초콜릿을 보고 있었다.

"나도 있지, 히지리한테 보여주고 싶은 게 있어."

하루카는 그렇게 말하며 천으로 만들어진 북 커버를 자랑스럽게 꺼냈다. 가정과 수업 숙제였다. 체육 대회에서 의상 담당을 맡았던 그녀는 실력에 자신이 있었겠지. 손바느질은 병실에서도 할 수 있다.

"자수도 좀 놓아 봤어."

"오오, 잘 만들었네."

깔끔하게 만들어져서 솔직히 대단하다고 생각했지만, 어느 정도 예측 했었다.

내 앞에서만 만들지 않았을 뿐, 병실에는 재봉 도구나 만들다 만 북 커버, 자수용 실도 내가 볼 수 있는 자리에 있었기 때문이다.

"나는 자수까지는 안 놓았는데."

가방에서 완성된 북 커버를 꺼냈다. 하루카의 눈이 휘둥그레졌다.

"어……? 히지리도 벌써 다 만든 거야? 그거 아직 손 안 댔다면서……."

"집에 돌아가니까 시간이 남아서, 어젯밤에 쓱싹하고 만들었어."

갑자기 하루카가 울기 시작했다. 눈물을 뚝뚝 흘렸다.

"몸 안 좋아? 의사 선생님 부를까?"

"아냐."

하루카는 치료를 하면서부터 몸 상태와 연동되는 것처럼 감정 기복이 심해졌다. 사소한 것에 풀이 죽기도 하고, 갑자기 감정이 폭발하는 경우도 있었다.

처음에는 나도 같이 당황했지만, 지금은 그저 잠자코 곁에 있어주는 게 가장 좋다는 사실을 알게 되었다.

어깨를 끌어안자, 이윽고 그녀는 조용히 말했다.

"미안해. 히지리를 난처하게 만들고 싶지 않은데."

"아냐, 괜찮아."

"하지만……."

"싫으면 싫다고 말할 게."

앞날이 보이기는커녕, 오히려 종착점이 보이기 시작하는 나날. 하루카의 신경이 소모되고 있다는 건 설령 내게 거짓말이 보이지 않더라도 알 수 있었다.

하루카는 미안, 이라 말하고는 내 가슴에 머리를 기댔다.

"난 아무것도 못 하니까, 조금이라도 히지리의 도움이 되고 싶었어. 북 커버는 아직 만들지 않았다고 해서, 만드는 방법 가르쳐 주고 싶었어."

"……미안. 기분이 내키지 않아서 안했던 것뿐이야. 요리 같은 것도 일단은 내가 먹을 몫만큼은 할 수 있고. 생활하기 곤란하지 않을 정도로는 말이지."

"공부도 잘하면서, 빈틈이 없네."

"그런 식으로 살아왔으니까."

"내가 히지리를 돕는 건 평생 힘들지도 모르겠다, 몇 번이나 그렇게 도움을 받았는데."

"그건 아니라고 생각해."

"에이, 거짓말."

"나는 거짓말을 하지 않아."

하루카는 그렇긴 하지만……, 이라며 납득해 주지 않았다.

이 마음을 어떻게 전하면 좋을까.

도움을 받은 건 내 쪽이다. 다른 사람을 좋아할 수 있게 되다니, 그거야말로 평생 힘들거라 생각했었다.

나는 그녀의 머리를 살며시 쓰다듬었다.

"하루카뿐이야, 나를 길들일 수 있었던 건."

"……그거 칭찬하는 말이야?"

"응, 그럴 생각으로 말한 건데."

"그러면 솔직하게 받아두지. 난 고양이를 다루는 데는 익숙하니까."

"내가 고양이 같다는 말이야?"

"고양이를 다룬다고 생각하면서 대하렴, 이라는 조언을 들었거든."

응? 하고 생각을 하자, 나는 곧바로 누가 일러 준 조언인지 알아챘다.

"미즈노 씨."

"처음 만났을 때, '히지리한테는 버려진 고양이를 주웠다고 생각하고 접해 보렴'라고 해서—화났어?"

"아니……."

내 마음은 신기할 정도로 평온했다.

그뿐만 아니라 따뜻한 것 같기도 하고 간지러운 것 같기도 한 기분이 들었다.

처음 만났을 때부터 지금 이 순간까지 일어났던 일들이 전부 떠오른다.

"여러 가지로 납득했어."

하루카의 얼굴에 미소가 지어졌다.

하루카의 병세는 일진일퇴였다.

치료는 예상보다는 잘 되었지만, 그건 완치를 목표로 하는 것이 아니라 시간을 버는 것에 지나지 않았다.

입·퇴원을 반복하고, 그때마다 방사선이나 약에 의한 치료가 이루어졌다.

외과적인 처치는 아니기에, 그런대로 집에서 지낼 수는 있다고 한다.

하루카 역시 병원에 있을 때보다도 집에 있을 때 더 평온한 표정을 지었다. 나는 자주 그녀의 집을 방문했다.

"린노스케, 날뛰지 마."

랙돌이라는 품종은 고양이 중에서는 꽤 대형이다. 부쩍 야위어 가는 하루카의 무릎 위에 올라타 있으면, 하루카를 부서뜨리고 마는 건 아닐까 하고 불안해진다.

"역시 히지리는 걱정이 많다니까. 하지만 괜찮아, 린노스케는 나를 잘 알아."

약 때문에 하루카는 저항력이 약해진 상태다. 사소한 것에도 신경이 쓰였다.

"여름방학도 이제 곧 끝이네. 올해는 아무것도 못 했어……."

"어쩔 수 없지. 몸이 안 좋으니까."

"그건 그렇지만, 산이나 바다에도 못 가고, 보고 싶은 영화도 끝나 버리고, 가고 싶은 대학의 오픈 캠퍼스에도 못 갔고, 내년부터는 이제 본격적인 수험이니까 올 여름에는 지망 대학을 좁혀 두고 싶었단 말이야. 히지리도 여러모로 생각하고 있지?"

"나는 아직 아무것도 하고 싶은 것도 없고, 이렇다 싶은 것도 없으니까. 학비 저렴하고 그나마 관심 있는 전공으로 갈까 하는 정도."

"거짓말! ……은, 안 하지. 그럼 정말로 지망하는 대학도 아직 결정 안했구나."

"뭐, 그렇지."

"그러면 내년 여름에 오픈 캠퍼스 같이 안 갈래?"

"—어?"

"모처럼 4년 동안 다니게 되는걸. 상성이라고 해야 하나, 인스피레이션? 같은 거. 감이 팍 오는 곳을 찾고 싶단 말이지. 그편이 수험 공부에도 자극 되니까."

"그럴…… 지도 모르겠네."

나는 하루카를 똑바로 바라볼 수 없었다.

최근 하루카의 몸은 자주 빛난다. 그걸 볼 때마다 나는 괴로워진다.

미래가 오지 않는다고 생각하는 하루카가, 미래의 이야기를 하고 있는 거니까.

'잘 자.'

하루카로부터 온 메시지에 나도 '잘 자'라고 답한다.

이걸로 오늘 밤의 연락은 끝이다. 하루카가 제안해서 결정한 것이다. 이렇게 하지 않으면 대화를 계속해서 아침을 맞이해 버리기 때문이다.

나는 침대에 드러누워 화면을 손가락으로 스크롤했다. 그대로 두 달 정도 전의 대화까지 거슬러 올라갔다.

'내년은 수험이니까, 올해는 잔뜩 놀고 싶어.'

이때는 이 말이 이루어지지 않을 거라고는 하루카도 생각지 못했을 것이다.

하지만 지금은 같은 말인데도 의미가 달라진다.

"거짓말이라는 건 대체 뭘까……."

"냐아—."

냐아가 내 침대에 있다. 실종으로 착각했던 내가 허둥댄 탓인지, 최근에는 조금씩 상대를 해준다. 다만 역시 냐아는 냐아니까, 바짝 다가오는 건 식사를 조를 때가 대부분이다. 지금은 침대 위에 같이 나란히 있다.

나는 냐아를 끌어안았다. 따뜻했다.

냐아도 내일이 보장되어 있는 건 아니다. 그건 나도 마찬가지다.

하지만 확률만을 보면 나나 냐아보다도 하루카 쪽이 훨씬 빨리, 그날이 온다.

그때는, 어떻게 하면 좋을까.

나는 하루카에게 뭘 해 줄 수 있을까.

"……냐아. 잠깐 따라와 줘. 혼자서는 불안하니까."

냐아가 대답하기 전에, 나는 냐아를 안고 거실로 갔다.

아빠는 어제부터 또 출장을 가서, 엄마 뿐이었다.

"오늘은 안 나가?"

말을 걸자, 복슬복슬한 털 뭉치에 바늘을 꽂고 있던 엄마가 손을 멈췄다.

"오늘은, 이라니 그게 무슨 말이야?"

"전에는 갑자기 밤에 나갔었잖아, 친구가 부른다면서."

엄마는 지나간 일을 떠올리는 것처럼 눈을 조금 가늘게 떴다. 다시 손을 움직이기 시작했다.

"그러고 보니 그런 적도 있었나. 그렇게 매번 나가지는 않아."

"흐음……. 사실은 뭐 때문에 나간 거야?"

"—뭐?"

"친구라고 한 건 거짓말이잖아. 무슨 일이었어?"

엄마의 손이 다시 멈춘다.

"아빠한테 무슨 말 들었니?"

"아니. 그냥, 알고 싶어서."

침묵이 흐른다. 엄마가 꺼낼 말에 긴장한다.

내 품 안에 있는 냐아가 슬슬 놓아 줘, 라며 몸을 비튼다.

후우—, 하고 긴 한숨이 엄마의 입에서 새어 나왔다.

"일이야. 불륜이라고 의심받을 것 같지만, 정말로 일이야. 뭣하면 메일 체크해 볼래?"

"안 해. 엄마는 지금 사실을 이야기하고 있으니까."

"히지리는 옛날부터 그랬지. 엄청 감이 예리해. 거짓말을 할 수가 없어."

"그런데 어째서 친구랑 만난다고 한 거야. 일이라고 하면 될 텐데."

"네 아빠가 싫어하거든. 엄마가 일에 몰두하는 거. 뭐, 그래도 네 아빠도 눈치 챘겠지. 네 아빠도 감이 날카롭다고 할까, 뭘 숨기기가 힘들단 말이지."

"그래?"

내가 목소리를 높이자, 냐아가 품에서 도망쳤다. 여기까지 어울려 줬으니까 이제 됐지, 라고 하는 듯하다.

상으로 내일은 김을 줘야겠다.

"그래, 옛날부터 남들이 다가가기 어려운 분위기였는데다가 묘하게 감이 예리해. 히지리랑 쏙 빼닮았어."

한순간 혹시, 하는 생각이 들었다. 하지만 그럴 리는 없다며 바로 그 가능성을 부정했다.

아빠는 내게 거짓말을 한 적이 있다. 만약 나와 마찬가지로 거짓말이 보인다면, 거짓말을 하지 못할 거라는 느낌이 든다.

"그렇게 따지자면 반대지. 내가 아빠를 닮은 거야."

그것도 그러네. 엄마는 작게 웃었다.

나 대신 소품 담당 좀 맡아 줄 수 있어?

그런 부탁을 받은 것은 여름방학 마지막 날, 하루카 집에 갔을 때다. 처음에는 귀를 의심했다.

"내가 문화제 소품 제작을?"

"응. 사실은 내 역할이지만, 아직 한동안은 학교에 갈 수 없어서 말이야. 그러니까 나 대신에 해줬으면 좋겠어. 히지리는 가정과가 특기니까."

"그렇지 않아."

"아니, 그렇대도. 북 커버도 여자가 만든 것보다 훨씬 바느질이 잘 돼 있었다구. 여자력*이 여자보다 높으니까, 자신을 가져!"

그 칭찬은 조금도 기쁘지 않았지만, 하루카의 부탁에는

* 여자력(女子力) 일본에서는 여성스러움의 정도를 가늠하는 표현으로 쓰인다.

답해 주고 싶었다.

새 학기가 시작되고, 가정과실로 향했다. 소품 제작을 돕겠다고 말했더니, 어째서인지 또 나를 적대시하는 여자애가 나왔다.

"후지쿠라가 도와준다고?"

"그쪽이야말로 간판 담당 아니었어?"

"그건 그냥 도와준 것뿐이야. 본래는 소품 담당이거든."

비아냥을 들을 거라고 생각했는데, 의외로 말투는 부드러웠다.

"후지쿠라는 당일 전시물 지키는 역할이지?"

"대신에 해줬으면 좋겠다고 부탁받았어."

"흐응……, 재봉틀은 쓸 수 있어?"

"아마도."

"알았어. 그럼 이쪽으로 와."

그녀는 나는 재봉틀이 놓인 한쪽으로 데리고 가서는 천을 건넸다.

"이 천 끝부분 재봉해줘."

실기 시험을 받게 되었다. 그렇다 해도 별로 어려운 시험은 아니었고, 접히는 부분을 똑바로 재봉하는 것뿐이었다.

그녀가 솔기를 점검하면서 불쑥 말을 꺼냈다.

"하루카한테 부탁받은 거구나."

"응."

"용케 이런 걸 할 줄 아네."

"그런가?"

내가 할 수 있는 것이라면 뭐든 하고 싶다.

물론 제일 해주고 싶은 건, 병을 낫게 해주는 것이다. 그렇지만 내게 그런 능력은 없다.

하루카에게서 받은 것이 너무나도 커서 그녀에게 무엇을 해줄 수 있을지 계속 생각해 보고 있지만, 답을 찾지 못하고 있다.

"하루카는…… 어때?"

목소리가 떨리고 있었다. 나는 그녀의 얼굴을 봤다. 두 눈 가득히, 눈물이 고여 있었다.

"연락은 하고 있지만, 하루카는 지금 모습을 보여주고 싶지 않다면서 오지 말라고 했어……. 하지만 후지쿠라는 만나고 있지?"

말하는 도중에 눈물이 뺨을 타고 흘러내렸다.

아, 그렇구나. 하루카는 그녀에게도 병에 관한 이야기를 했구나. 어쩌면 나보다 먼저 알고 있었을지도 모른다.

"건강하다고는 할 수 없어. 지금은 집에 있긴 하지만, 괴로워 보일 때가 많아."

"어째서, 후지쿠라만 인건데! 나도, 만나서 이야기하고 싶단 말이야."

날카로운 목소리. 그래도 그 목소리는 주위 사람들을 신경 쓰는 듯이 억눌려져 있었다.

"미안."

"사과하지 마. 오히려 비참해지니까. 친구라고 생각한 건 나뿐이었던 거야."

"병에 대해 밝힌 건 신뢰하고 있기 때문이야. 다른 애들한테는 말하지 말아 달라고 부탁 받았지?"

"그렇긴 하지만……."

"선생님은 별개로 치고…… 나 말고는 아무도 모른다고 생각했어. 하지만 아니었어. 하루카는 네게 병에 대해 말해줬잖아."

"그러면 어째서 나하고는 만나 주지 않는 건데."

"그건 모르겠어. 하지만 아마도 나를 걱정하고 있는 게 아닐까."

"걱정?"

"응. 너에게는 하루카 말고도 주변에 많은 사람이 있으니까. 하지만…….”

나한테는 없다. 만들려고도 하지 않는다. 누군가와 관계를 맺는 것을 거부하고 있다. 대화 상대는 냐아뿐이고, 냐아를 제외하면 줄곧 혼자다.

“아마도 이렇게 문화제 일을 돕게 한 것도 반 친구들에게 미안하다고 느끼는 마음과 동시에, 나를 어떻게든 해 주고 싶다고 생각해서 그런 게 아닐까. 내 상상이지만.”

“그건 후지쿠라가 믿음직스럽지 못하다는 거야?”

“……한마디로 정리하자면, 그럴지도 모르겠네.”

내게 이 여자애의 거짓말이 보이는 일은 평생 없을 것이다.

다만, 좋아하냐 싫어하냐 이외의 범주로도 받아들일 수 있는 사람이 있을지도 모른다. 그런 생각이 들었다.

“알았어. 그럼, 하루카의 희망대로 후지쿠라를 부려먹어 줄게. 기다려 봐.”

그녀는 코를 훌쩍이며 천을 척척 쌓아 갔다.

그걸 보면서 나는 계속 의문스럽게 여겼던 점을 물어봤다.

“인제 와서 새삼스럽지만…… 네 이름 뭐야?”

“우리 작년에도 같은 반이었지?”

표정이 굳었다. 나를 보는 눈이 '바보 아니야?'라고, 굳이 말하지 않아도 알 수 있었다.

그리고 그녀의 이름이 나카무라 미즈호 라는 것도 알게 되었다.

문화제도 무사히 끝나고, 10월이 되자 수학여행을 갔다. 오키나와로 3박 4일. 물론 하루카가 갈 수 있을 리 없었고, 나는 그녀에게 보여주기 위해 가는 곳곳마다 사진을 찍었다.

신기했다. 중학생 때는 그저 주위에 끌려 다녔을 뿐이었는데 지금의 나는 자신의 의지로 움직이고 있었다.

정해진 코스에서조차 두근두근했다. 여하튼 내가 할 수 있는 건 즐기는 것이라고 생각했다.

왜냐하면 이 무렵 하루카는 대부분의 시간을 침대 위에서 보내고 있을 테니까.

"아- 수족관, 나 여기 가고 싶었는데. 고래상어 봤어?"

"봤어, 이게 그 사진."

"응응, 이거, 안내 책자에도 실려 있었지. —이건 미즈호랑 같이 찍은 거네."

"걔가 억지로 찍은 거야."

내 사진 따위는 찍을 생각 없었는데, 억지로 내 팔을 붙잡고는 사진을 찍었다. 하루카한테 보여주라구, 라는 말을 들으니 도망칠 수 없었다.

"응, 히지리 무뚝뚝한 얼굴 하고 있어. 꽤 많이 찍었네. 혹시 날 위해서?"

"내가 같이 보고 싶었어."

"내년에는 갈게."

"수학여행은 2학년 때뿐이야."

"그랬지, 참. 그럼 히지리한테 가이드 받을래."

"뭐?"

"같이 가자. 건강해지면."

하루카의 긍정적인 말 이면에는 언제나 체념의 심정이 들러붙어 있다. 말로는 앞으로 나아가려 해도, 좋지 않은 몸 상태가 그것을 허락하지 않는다.

하지만 나는 이제 아무리 하루카의 몸이 빛나더라도, 눈을 돌리지 않았다.

그녀의 거짓말은 아직 조금은 가능성을 느끼게 해주니까.

희망이 있는 동안은, 나는 나로 있을 수 있었다.

예년보다 일주일 정도 빨리 첫눈 일기예보를 들은 그날. 1교시 영어 수업 중에 키치라쿠 선생님이 숨을 헐떡이며 교실로 왔다.

무슨 일인가 싶었는데, 선생님과 눈이 마주쳤다.

소름이 돋았다. 한기가 느껴졌다. 두려워졌다.

그때가 오면 어떻게 할 건지, 어른들 사이에서 이야기가 오갔다는 것을 한순간에 알아챘다.

"후지쿠라, 가방 들고 정문으로 와라."

키치라쿠 선생님에게 불린 나는 나카무라를 돌아봤다. 그녀는 입술을 꽉 깨물고 있었다.

미안, 이라고 생각했다. 생각했지만, 나는 묵묵히 교실을 나왔다.

정문에서 키치라쿠 선생님과 택시가 기다리고 있었다. 키치라쿠 선생님은 마치 나를 택시 안에 밀어 넣다시피했다.

"목적지는 말씀드려 놨다."

"네."

"자, 택시비."

키치라쿠 선생님은 내 손에 2천 엔을 쥐여 줬다.

"이 정도는 제가……."

"신경 쓰지 마. 며칠 정도 금주 하면 돼. 그편이 내 건강에도 좋아."

"……알겠습니다."

사실은 좀 더 뭔가 말하고 싶었다. 하다못해 감사합니다, 정도는 말해야만 했다.

하지만 내 머릿속은 이미 생각조차 만족스럽게 하지 못하는 수준이었다.

키치라쿠 선생님이 택시 문 쪽에서 손가락을 셋 세웠다.

"사흘이다."

내가 아무말 없자, 다시 한 번 "사흘이다."를 반복했다.

"아무리 괴로워도 사흘 이상은 쉬지 마라. 혼자 있으면 사람은 잘못된 쪽으로 생각이 기울어져도 알아차리지 못하니까. 그러니 나흘째에는 와야 한다. 교실에 있기만 해도 좋아. 있기만 해도 괜찮은 거면, 후지쿠라 네 특기잖냐?"

무슨 말이 그런가 싶었지만, 이게 선생님의 상냥함이라는 것은 이미 알고 있었다.

"……네."

택시는 눈 깜짝할 사이에 도착한 느낌도 들었고, 엄청나게 속이 탄 것처럼 느껴지기도 했다. 그저, 선생님에게서 받은 돈으로 잔돈이 나왔다는 것은 길은 막히지 않았다는 거겠지.

병원 입구에서 병실까지, 아무 생각을 하지 않아도 다리가 움직인다.

내가 병실 문을 열자 하루카 부모님이 계셨다.

소중한 시간을 내가 방해해도 괜찮은 걸까.

하지만 내가 주저하는 말을 입 밖에 내기도 전에, 하루카 부모님은 무슨 일 있으면 불러 달라는 말을 남기시고는 병실에서 나갔다.

"히지리."

최근에 하루카는 고통을 억누르기 위해 약으로 잠들어 있는 때가 많았다. 병문안을 와도 대화를 할 수 있는 경우가 별로 없었다.

하지만 오늘은 가느다란 팔이 나를 맞이해 주었다.

"교복…… 학교 수업 중이었구나, 미안해."

"사과 안 해도 돼, 땡땡이칠 수 있어서 행운이니까."

"그런가, 그러네. 하지만 나는 학교에 가고 싶었어."

고작 그 말을 하는데도 하루카는 숨쉬기 괴로워 보였다. 거칠다기보다, 희미한 호흡은 내 가슴을 먹먹하게 만들었다.

말하지 않는 편이 나을지도 모른다. 그렇게 생각했지만, 하루카가 계속해서 대화를 이어갔다.

"눈, 쌓였어?"

"지금은 약간 정도."

하루카가 창 쪽을 바라봤다.

흰 눈은 꽃잎처럼 흩날리며, 필터를 씌운 것처럼, 익숙한 경치를 하얗게 물들이고 있었다.

나는 침대 옆 의자에 앉았다. 잠시 둘이서 흰 눈을 바라봤다.

복도에서는 분주한 발소리나 이야기 소리가 들려왔지만, 우리가 있는 장소는 학교 옥상에 있을 때처럼 평온한 시간이 흐르고 있었다.

"그러고 보니, 오늘 아침에 재미있는 사진이 찍혔는데 볼래?"

내가 말을 걸자 하루카는 작게 고개를 움직였다.

최근에는 1교시가 끝나면 쉬는 시간에, 아침에 찍은 냐아의 사진을 보냈다.

하지만 오늘은 사진을 보내기 전에 학교에서 나왔다.

찍은 지 얼마 안 된 따끈따끈한 사진에 하루카의 눈은 반짝였다.

"—어라? 이거…….”

하루카의 입가에 희미하게 미소가 흘러넘친다. 내가 사진을 차례차례 보여주자, 그녀는 살며시 소리 내어 웃었다.

사진은 냐아가 찍은 셀카다. 책상 위에 스마트폰을 올려두었더니, 우연히 자기가 셔터를 눌러 버린 모양이다.

화면에 자기 얼굴이 비치는 게 재밌었는지, 밑에서 찍은 냐아, 턱만 찍힌 냐아, 코 사이까지 보이는 냐아, 이렇게 세 장의 사진이 찍혀있었다.

“냐아짱 귀여워.”

“아저씨야.”

“그래도 귀여운 걸.”

“뭐, 그렇지. 냐아는 귀여워.”

“인정했다.”

“사실이니까.”

그러네. 히지리는 거짓말을 하지 않는걸.

그렇게 말하고 싶은 듯이, 그녀는 나를 쳐다봤다.

"나도 이런 사진 갖고 싶어."

"고양이용 셀카 앱도 있는 것 같고, 린노스케라면 찍을 수 있지 않을까."

앱이라—.

아마, 하루카는 그렇게 중얼거린 것 같았다. 하지만 그 목소리는 너무나 작아서 내 귀에는 또렷하게 들리지 않았다.

거기서 또다시 대화가 끊긴다. 우리는 다시 창밖을 바라봤다.

눈은 조금 전보다 많이 내리면서, 바깥 세계를 한층 하얗게 만들고 있었다. 눈이 소리를 지우고 있는 건지, 우리 주위는 시간이 멈춘 것만 같이 고요했다.

신기한 감각이었다.

꿈을 꾸고 있는 건가 싶을 정도로 내 몸은 둥실둥실 붕 뜬 느낌이라 현실감이 없었다. 사실은 좀 더 초조해하거나 긴장하고 두려워하고 있었을 터인데도, 이 병실에 들어와 하루카의 얼굴을 봤을 때부터 흐트러진 마음이 가라앉았고, 오직 이 시간이 1초라도 길게 이어지기를 바랄 뿐이었다.

수업 중인데도 선생님의 허가 하에 하루카가 있는 곳에

왔다는 사실이 어떠한 상황인지. 나 역시 그것이 어떤 의미인지 알고 있는데도 불구하고, 어째서인지 침착했다.

얼마쯤, 우리는 말없이 보내고 있었을까.

아마 그렇게 긴 시간은 아니었다고 생각한다. 복도 쪽에서 금속으로 된 무언가를 떨어뜨린 듯한 소리가 들리자, 하루카가 그 시간을 끝냈다.

"히지리. 눈 잡을 수 있어?"

"밖에서 병실까지 오는 사이에 녹아 버리지 않을까."

"창문으로는?"

"열면 추워."

"만지고 싶어."

갑자기 온도가 떨어져도 괜찮은 걸까.

"부탁이야."

불안함은 있었지만, 하루카가 애원하는데 내가 거절할 수 있을 리 없었다.

턱 밑까지 이불을 덮히고, 하루카의 양팔을 이불 속으로 넣었다. 조금만이라면, 하고 하루카에게 다짐을 한 뒤 나는 창문을 열었다.

휘잉, 하고 차가운 바람이 불어 들어온다.

몸을 떨면서 팔을 뻗었다. 하지만 눈은 내 손에 닿자 순식간에 물로 변했다. 한동안 끈기 있게 도전해 봐도 상황은 변하지 않았고, 눈을 모으는 것은 불가능했다.

“조금 힘들거 같아. 뭔가 용기라도 빌려서 밖에서 모아 올까?”

“아냐, 이제 됐어. 그 대신, 히지리 손 빌려줘.”

나는 방금 전까지 눈이었던 물방울이 묻은 손을 하루카 쪽으로 뻗었다. 내 손을 쥔 하루카의 손은 한여름의 옥상보다도 뜨겁게 느껴졌다.

“차갑네. 미안해.”

“아냐, 괜찮아.”

“나, 눈을 가지고 놀아 본 적이 없어서.”

그 말을 듣고 나는 깨달았다. 하루카가 전학 오기 전에 살았던 곳은 눈이 쌓일 만큼 내리지 않는 곳이라는 것을.

하루카가 우리 학교에 온 것은 봄. 눈이 아니라 벚꽃잎이 흩날릴 무렵이었다.

내가 하루카와 만난 지 아직 1년도 채 지나지 않았다. 지금이 첫 겨울이다.

“히지리는 논 적 있지?”

“어릴 때는.”

“뭘 했어?”

"이 근방도 그렇게 많이 쌓이지는 않으니까, 눈사람을 만들거나, 눈싸움을 하거나, 썰매 정도일까. 스키나 스노우보드를 타려면 산 쪽으로 더 가야 해."

"눈사람이라면 나도 만든 적 있어. 이렇게, 작은 거지만."

하루카가 오른손 엄지와 검지 사이를 벌렸다.

손바닥에 올릴 수 있을 정도의 그것은, 이 근방에서는 눈싸움을 할 때 쓰는 눈덩이를 두 개 겹친 정도의 크기다.

"다음 달이면 조금 더 큰 눈사람을 만들 수 있을 정도로 쌓일 거야."

"다음 달은 너무 멀어."

살짝 닿는 정도로 쥐고 있던 그녀의 손에 갑자기 힘이 꾹 들어갔다. 어디서 이런 힘이 남아있었는지 싶을 정도로 강한 힘이었다.

"하루카?"

"무서워, 나 조금 더 히지리랑 같이 있고 싶어. 쭉 함께 있고 싶어."

하루카의 몸은 빛나지 않았다.

나는 어째서 지금 침착하게 있을 수 있는 건지 알게 되었다.

그녀가 더이상 거짓말을 하지 않아도 된다는 사실에 안도하고 있었던 것이다.

지금이라면 알 수 있다. 그녀는 줄곧 그때까지 거짓말 같은 건, 단 한 번도 하지 않았다.

그런 그녀가 계속해서 거짓말을 해야만 했던 것이, 그리고 그것을 깨닫고 말아서, 나는 괴로웠던거다.

하지만 그것도 이제는, 더 이상 하지 않아도 된다.

"나도 무서워."

"그런 말을 들으면, 더 무서워져."

"그러네, 미안."

하지만 나의 본심이었다.

하루카가 없는 앞으로의 세상은 시시하다. 주위 사람들에게 아주 약간 마음을 터놓을 수는 있게 되었지만, 많은 사람들이 걷는 길을 나도 똑같이 걸을 수 있을지는 알 수 없다.

하지만 나는 분명 또다시 누군가를 좋아하게 될 것이다. 다만 그것은 하루카를 향한 마음과 다르게 우정이나 친애하는, 그런 부류일 것이다.

그렇게 누군가를 좋아하게 되었을 때, 나는 또다시 상처를 받을 것이다.

하지만 상처를 받는 것과 동시에, 기쁨도 느낄 수 있을 거라고 생각한다. 상처를 받을 때마다, 하루카를 떠올릴 수 있으니까.

소중한 것을 준 네가 웃어 준다면, 나는 거짓말이라도 할 수 있다.

"언제까지나 함께 있을게. 하루카가 싫다고 말할 때까지, 곁에 있을게."

에필로그

뚜껑을 열자 녹갈색 눈동자가 애타게 기다렸다는 듯이 나를 보고 있었다.

"허둥대지 말라니까."

냐아는 김을 와구와구 먹기 시작했다.

이제 노묘(老猫)라고도 할 수 있는 나이인데도 좋아하는 음식은 여전히 변하지 않았다. 다만, 먹는 속도가 확실히 느려졌고 식사량도 옛날보다 줄었다. 최근에는 자는 시간도 길다.

"너도 나이를 먹었구나."

"캬악—!"

"……변하지는 않았네."

앞으로 얼마나 더 이런 시간을 보낼 수 있을까.

좋아하는 사람과 보내는 시간은, 반드시 그 끝이 찾아온다.

가능하면 나보다도 오래 살아 줬으면 좋겠다고 생각하지만, 아무리 그렇게 바란다 한들 이루어지지 않는 것도 있다.

식사를 방해하지 않도록 냐아의 등에 살며시 손을 얹었다. 내 손바닥에 따뜻함이 전해져 왔다.

"오래오래 살아 줘."

먹고 있는 냐아는 대답해 주지 않았다. 하지만 희미하게 꼬리가 움직였다.

냐아는 줄곧 내 곁에 있어 주었다. 어떤 때라도 함께였다.

좋아하는 사람을 떠나보내는 게 얼마나 괴로운 일인지, 나는 알고 있다.

소리도 빛도 없는 어두운 세계가 있다는 것을 알게 되었다.

그래도 그 어두운 밤 역시, 영원히 계속되지는 않는다.

주머니 속의 스마트폰이 울렸다. 확인해보니 만나기로 한 약속 장소에 이미 도착했다는 내용이었다.

"아니, 아직 한 시간이나 남았는데."

지금 집을 나서면 처음 약속했던 시간보다 30분 정도는 일찍 도착하겠지.

"뭐, 상관없나."

욕실 창문이 닫혀 있는 것을 확인한다.

현관으로 갔더니 김을 다 먹은 냐아가 입 주위를 핥고 있었다.

"냐아, 장난치면 안 된다. 나중에 청소하는 건 나니까."

냐아는 대답하지 않는다. 하지만 다녀와, 라고 말하고 있는 건지 나를 물끄러미 바라보고 있었다.

"선물 사 올게."

"냐아—."

꼬리를 살랑살랑 흔드는 냐아의 배웅을 받으며, 나는 현관문을 열었다.

햇빛이 내게 쏟아진다.

눈부신 그 빛에 눈을 가늘게 뜨며, 나는 밖으로 나갔다.

– 끝 –

거짓말이 보이는 나는, 솔직한 너에게 사랑을 했다

초판 1쇄 I 2019년 8월 27일
초판 18쇄 I 2024년 10월 31일

지은이 사쿠라이 미나 I **옮긴이** 주승현
펴낸이 서인석 I **펴낸곳** 제우미디어 I **출판등록** 제 3-429호
등록일자 1992년 8월 17일 I **주소** 서울시 마포구 독막로 76-1 한주빌딩 5층
전화 02-3142-6845 I **팩스** 02-3142-0075 I **홈페이지** www.jeumedia.com

ISBN 978-89-5952-815-8
*파본은 구입하신 서점에서 교환해 드립니다.

제우미디어 네이버포스트 post.naver.com/jeumediablog
제우미디어 페이스북 facebook.com/jeumedia
제우미디어 트위터 twitter.com/Jeumedia

만든 사람들
출판사업부 총괄 손대현 I **편집장** 전태준
책임편집 서민성 I **기획** 홍지영, 박건우, 장윤선, 안재욱, 조병준, 성건우, 오사랑
디자인 총괄 크리에이티브그룹 디헌 I **제작, 영업** 김금남, 권혁진